書下ろし長編時代小説

お毒見役みだら帖

鬼蜜の刃

睦月影郎

JN249984

コスミック・時代文庫

この作品はコスミック文庫のために書下ろされました。

目次

第一章　鬼姫の助けで毒見役を

一

「では、この鬼仏堂《きぶつどう》にて、跡目《あとめ》を継ぐ誓いと、先人のご供養のため、お心静かに一夜を過ごしなさいませ」

「承知つかまつりました」

後家《ごけ》となった雪絵《ゆきえ》が重々しく言うと、養子に入ったばかりの主水《もんど》も恭《うやうや》しく平伏し、義母となった彼女に答えた。

日も没し、夕餉《ゆうげ》を終え湯殿で身を清めた主水は母屋《おもや》を出て、屋敷の鬼門にある鬼仏堂へと入っていった。

中は夥《おびただ》しい蠟燭《ろうそく》が点《つ》けられ、多くの位牌《いはい》が並び、壁一面にも鬼の面がずらりと掛けられ、じっと彼を見下ろしていた。

文化《ぶんか》三年（一八〇六）正月、寒さはそれほどでもないが、主水は緊張に全身が小刻みに震えていた。

主水はこの正月で二十歳《はたち》になったばかり。ここは常陸国《ひたちのくに》の西南にある上館藩《かみだてはん》二万石の領内。彼の家は代々藩の賄《まかな》い方吟味《かたぎんみ》役《やく》という下級藩士で、しかも主水は三男坊の厄介者《やっかいもの》であった。

それが膳奉行《ぜんぶぎょう》、阿部《あべ》主膳《しゅぜん》の後継者として養子に入ったのである。膳奉行は、賄い方、台所頭《がしら》などを束ね、城内の食に関する全てを掌《つかさど》る長であった。

それだけ、主膳は藩校でも優秀だった主水を買ってくれていた。どちらも名に主が付くのも気に入ったのだろう。

その主膳が急死すると、前から養子にと言われていた彼が雪絵に呼ばれ、本日正式に彼は阿部主水となったのである。

むろん二百俵取りの膳奉行の家だから、主水の実家の方では申し分なく、滞《とどこお》りなく手続きと届け出は終わった。

膳奉行は、食材の仕入れと調理の他に、藩主の毒見役という大切な職務もあった。それには多くの毒の種類も、身をもって調べねばならず、養子に入っても中毒死するものが少なくなかった。

この鬼仏堂は、そうしたものたちの位牌が並べられていたのである。

毒見（毒味）役とは、体に毒を取り入れるため、鬼取り、もしくは鬼舐め、鬼食いなどという異称もあり、そのためこの鬼仏堂には鬼の面が多く祀《まつ》られていたのだった。

主水も、今まで賄い方吟味役の見習いとして、多くの食材の味には精通し、体軀《たいく》も色白肥満。幼い頃から武芸はからきし苦手で、ひたすら五穀《ごこく》や野菜、魚とばかり向き合ってきたが、賄い方の上士たちの養子の口も一向になく日々悶々《もんもん》としていた。

それが主膳の目に適《かな》ったのだから、大抜擢《だいばってき》である。ちなみに主膳も養子であり、食と毒の知識は雪絵の方が上と言われている。

後家で、主水の義母になったばかりの雪絵は四十前で、その名の通り透けるように白い肌をした美女であった。

まだ女を知らぬ主水にとり、雪絵は初めて接する他人の女で、同じ屋敷に住める幸福を感じていた。もちろん、いかに輝くほどに美しくても義母であるから、淫らな心根は懸命に包み隠した。それに膳奉行の跡取りとなれば、今後は美しい妻《めと》を娶り、いくらでも欲望を解消できることだろう。

そんな思いを抱きながら、とにかく鬼仏堂に一人、主水は座して殊勝《しゅしょう》に主膳をはじめ、あえなく毒に倒れた先人たちに祈りを捧げはじめたのだった。

と、その時である。

「今までとは少し違う男だわ」

鈴が転がるように可憐《かれん》な声がし、

「え……？　誰か……」

主水は驚いて声を洩らし、周囲を見回した。

すると、雛壇《ひなだん》のようになった位牌の棚の右脇から、可憐な娘が姿を現したのである。

鳶色《とびいろ》の目が大きく、髪は赤毛で火炎のように逆巻く異相で、肌も青白いが何とも見目麗《みめうるわ》しく主水の目には映った。

しかも山吹色《やまぶきいろ》の地に黒縞《くろしま》の入った着物は袖無《そでな》しで裾《すそ》が短く、荒縄の帯が一本。腕も脚も露《あら》わな半裸、顔立ちは十七、八で可憐なのに、胸は豊かで谷間が深く、太腿もムッチリと肉づきが良かった。

「ど、どこから入ってきた。お前は何者だ……」

主水は、神妙な心根も吹き飛んで声を震わせた。

姿を現した娘からは、何とも生ぬるく甘ったるい匂いが漂い、その刺激が悩ましく股間に伝わってくるのである。

何しろ日頃から栄養を取っている彼は淫気がことのほか強く、日に二度三度と手すさびし、熱い精汁を放たねば落ち着かないのだった。

「私は青鬼一族の姫香《ひめか》。鬼の面の多いここが気に入って長く棲《す》みついているの」

彼女、姫香が主水に近づいて言った。

「青鬼一族……。では、この世のものではないのだな……」

主水は言い、それでも恐ろしいと思わないのは、まだ女に触れたことがなく、こうして話すのも何やら心ときめくからだった。

「何人もの男がここへ来て祈りを捧げるのを見てきたけれど、誰も長生きできず位牌になるなんて、人の命のなんと儚《はかな》いことと」

姫香が言う。

「でも、主水は生気に溢《あふ》れているのが分かる」

名を知っているというのは、鬼の力で心根まで読めるのかも知れない。

見た目は小娘だが、実際は人より長く生きているのだろうから、呼び捨てでも彼は気にならなかった。

「そうか、他の男と違うのか。何の取り柄もない私だが」

「ええ、食の善《よ》し悪《あ》しも細かに会得《えとく》しそう」

「ならば、鬼の目から見て私は膳奉行として一人前になれそうか」

「もちろん。さらに私の力を取り入れれば、人以上のものになれるわ。それに、私が初めて淫気を抱いた人の男」

言いながら、姫香がさらに迫り、主水が身をすくませているうちにも、ピッタリと唇が重なり合った。

「ウ……」

彼は小さく呻《うめ》き、それでも密着する唇の柔らかな感触と唾液の湿り気、燃えるように熱い息に鼻腔《びこう》を湿らせながら、力が抜けて陶然《とうぜん》となってきた。

触れ合ったままの口が開き、長い舌がヌルリと潜り込むと、彼もオズオズとからめ合い、生温かな唾液に濡れ滑《なめ》らかに蠢《うごめ》く鬼姫の舌を味わった。

「ンン……」

姫香がうっとりと熱く鼻を鳴らし、舌をからめながら手早く帯を解いて縞模様の着物を脱ぎ去った。

そして彼女は主水の手を取り、豊かな膨《ふく》らみへと導いたのだ。

（ああ、何と豊かで柔らかな乳房……）

彼は揉《も》みしだきながら、いつしか激しく一物《いちもつ》を強《こわ》ばらせていた。鬼仏堂で不謹慎《ふきんしん》とは思うが、何しろ相手は人ではないのである。

舌を挿《さ》し入れ、姫香の歯並びを舐めると、左右の犬歯が異様に鋭かったが、別に彼を食おうというわけではなさそうだ。逆巻く髪にも手をやったが、どうやら角《つの》らしきものは触れてこなかった。

鬼門の方角は丑寅《うしとら》（北東）といい、鬼は牛の角に虎《とら》の褌《ふんどし》と言われている。なるほど、姫香の着物は虎柄なのだろうが、角が見当たらないのは長く人の世に住んでいるうち消え去ったのかも知れない。

「アア……、いい気持ち。もっと揉んで……」

姫香が口を離して喘《あえ》ぐと、その吐息は野山の果実を食べたばかりのように甘酸っぱい匂いが濃厚に含まれ、悩ましく鼻腔を刺激してきた。

そのまま彼女が仰向けになったので、自然に主水ものしかかり、豊満に息づく乳房に顔を埋《うず》め込み、桃色の乳首に吸い付いて舌で転がした。

「ああ……、いいわ、好きにして。主水も脱いで……」

姫香が身を投げ出して言った。

彼も乳首を味わいながら前紐《まえひも》を解いて袴《はかま》を脱ぎ、帯を解いて着物を脱いでいった。さらに襦袢《ジュバン》と下帯《したおび》も脱ぎ去り、彼女と同じく全裸になった。

そして両の乳首を交互に吸い、顔中で膨らみの感触を味わった。

さらに姫香の腕を差し上げ、腋《わき》の下に鼻を擦《こす》りつけると、生ぬるく湿った腋毛には何とも甘ったるい汗の匂いが濃厚に沁み付いていた。

(ああ、これが女の匂い……)

人の女ではないが、欲求が溜まりに溜まった彼には得も言われぬ芳香に感じられ、貪《むさぼ》りながら胸を満たした。

鬼姫の肌は青白いが実に滑らかで柔らかく、彼は腋から腹まで舐め降り、愛らしい臍《へそ》を舌先でチロチロと探り、張りのある下腹にも顔中を押しつけて弾力を味わった。

腰から脚を舐め降りていくと、脛《すね》にもまばらな体毛があり、ほとんど人と変わらぬ様子に興奮を高めた。本当は早く股間を見たり嗅《か》いだりしたいが、そうするとすぐ交接したくなり、あっという間に済んでしまうだろう。

せっかく可憐な鬼姫が身を投げ出しているのだから隅々まで念入りに味わい、肝心な部分は最後に取っておこうと思ったのだった。

足裏にまで舌を這わせたが、特に汚れた様子はなく、爪も鋭く伸びているわけではなかった。

指の股に鼻を割り込ませて嗅ぐと、そこは汗と脂《あぶら》に生ぬるく湿り蒸《む》れた匂いが濃く沁み付いていた。

主水は鬼の美少女の足の匂いを貪り、爪先にしゃぶり付いて順々に全ての指の股に舌を挿し入れて味わった。

「あう、くすぐったい……」

姫香がビクリと反応して呻き、彼は両足とも味と匂いを堪能すると、大股開きにさせて脚の内側を舐め上げていった。

ムッチリと張りのある内腿をたどり、股間に迫ると熱気と湿り気が顔中を包み込んできた。

見ると、丘の茂みも赤毛、割れ目からはみ出す花びらは、ヌラヌラと大量の蜜汁に潤《うるお》っていた。指で広げると、花弁のように襞の入り組む膣口が息づき、尿口の小穴も見え、オサネも光沢を放ってツンと突き立っていた。

主水は、江戸から来た行商人にもらった春画《しゅんが》の陰戸《ほと》を思い起こしながら、一つ一つ確認するように目を凝《こ》らしたのだった。

二

「アア……。そんなに見るなんて、恥ずかしい……」

鬼姫でも羞恥を覚えるのか、姫香が声を震わせて言った。

主水も我慢できなくなり、吸い寄せられるように顔を埋め込んでいった。

柔らかな赤毛の茂みに鼻を擦りつけて嗅ぐと、生ぬるく蒸れた汗とゆばりの匂いが混じって籠もり、悩ましく鼻腔を掻き回した。

(これが、陰戸の匂い……)

彼は感激に包まれながら思った。人と鬼では異なるかも知れないが、見た目は人と変わりないのだから、そう大きくは違わないだろう。

主水が隅々に沁み付いた匂いを貪りながら舌を挿し入れ、陰唇の内側を探ると生ぬるく淡い酸味を含んだヌメリが感じられた。

膣口の襞をクチュクチュ探り、味わいながら滑らかな柔肉をたどり、小指の先ほどのオサネまで舐め上げていくと、

「あう、いい気持ち……!」

姫香が熱く呻き、内腿でキュッときつく彼の両頬を挟み付けてきた。

主水が腰を抱えてチロチロとオサネを舐め回すと、新たな淫水がヌラヌラと溢れてきた。

さらに姫香の両脚を浮かせ、尻の谷間にも迫った。そこには薄桃色の蕾《つぼみ》がひっそり閉じられ、鼻を埋めて嗅ぐと秘めやかに蒸れた匂いが籠もり、妖《あや》しく鼻腔を刺激してきた。

密着する双丘の弾力を顔中で味わいながら、彼は蕾に舌を這わせ、ヌルッと潜り込ませて滑らかな粘膜を味わった。

「く……！」

姫香が呻きながらモグモグと肛門で舌先を締め付け、鼻先にある割れ目からは新たな淫水が溢れてきた。ようやく脚を下ろし、主水は再び割れ目に舌を這わせてヌメリを掬《すく》い取り、オサネに吸い付いていった。

「も、もう駄目……」

気を遣《や》りそうになったのか、姫香が声を上ずらせて言うなり身を起こし、彼の顔を股間から追い出しにかかった。主水も入れ替わりに仰向けになったが、どうも身の内に力が満ちている気がした。

（淫水を舐めたから、鬼の力が……？）

そう思ったが、姫香が彼を大股開きにさせて股間を顔に寄せてきたから、たちまち淫気と興奮に心を奪われてしまった。

すると姫香が彼の両脚を浮かせ、自分がされたように、厭《いと》わず尻の谷間に舌を這わせてきたのである。

「い、いいよ、そんなこと……。あう！」

チロチロと舐めていた舌がヌルッと肛門に潜り込むと、彼は息を詰めて呻き、モグモグと姫香の舌先を締め付けた。

長い舌が奥まで入って蠢《にじ》くと、内側から刺激されるように勃起した肉棒がヒクヒクと上下して粘液を滲ませた。

「アア……、気持ちいい……」

主水は浮かせた脚をガクガク震わせていたが、ようやく姫香の舌が引き抜かれて脚が下ろされた。しかし気を抜く間もなく、そのまま彼女がふぐりを舐め回してきたのだ。

「く……」

ここも実に心地よく、彼は姫香の舌で睾丸《こうがん》を転がされながら呻いた。

彼女も熱い息を股間に籠もらせ、袋全体を生温かな唾液にまみれさせると、さらに身を乗り出し、肉棒の裏側をゆっくり舐め上げてきた。

滑らかな舌が先端まで来ると、姫香は幹に指を添え、粘液の滲む鈴口《すずぐち》を舐め回し、そのままスッポリと喉の奥まで呑み込んでいった。

「ああ……」

主水は快感に喘ぎ、暴発しないよう懸命に肛門を引き締めた。

春画でも口で一物を愛撫するのを見たことがあるが、実際は江戸の大店《おおだな》の隠居あたりが大枚をはたき、何度も通った遊女がやっとしてくれる愛撫であり、自分などには縁がない行為と思っていた。

それが、会ったばかりの可憐な鬼姫がしてくれているのである。

薄寒い鬼仏堂の中、快感の中心部のみが生温かく快適な口腔に包まれていた。

「ンン……」

姫香は熱く鼻を鳴らして息で彼の恥毛をそよがせ、幹を丸く締め付けてチュッと強く吸い付いてきた。

口の中ではクチュクチュと舌が滑らかに蠢いて、満遍《まんべん》なくからみつくと、たちまち彼自身は温かな唾液にどっぷりと浸った。

さらに彼女は顔を小刻みに上下させ、濡れた唇でスポスポと強烈な摩擦を開始したのである。

「い、いきそう……」

急激に絶頂を迫らせた主水が言うと、彼女もすぐにチュパッと口を引き離してくれた。

「飲みたいのだけど、やはり最初は中に出したいでしょう」

顔を上げた姫香が言うと、そのまま身を起こして前進してきた。

そして彼の股間に跨《また》がると、唾液に濡れた先端に陰戸を押し当て、位置を定めるとゆっくり腰を沈み込ませてきたのだった。

張り詰めた亀頭が潜り込むと、あとはヌルヌルッと滑らかに根元まで陰戸に呑み込まれていった。

「アアッ……、いいわ……！」

完全に座り込んだ姫香が顔を仰《の》け反《ぞ》らせて喘ぎ、密着した股間をグリグリと擦りつけてきた。豊かな乳房が揺れ、膣内も無垢《むく》な肉棒を味わうようにキュッキュッときつく締め上げた。

主水も、奥歯を噛み締めて激しい快感を味わっていた。

やはり少しでも長く味わいたいので、肉襞の摩擦や締め付け、熱いほどの温もりや大量の潤いに包まれながら必死に堪《こら》えた。

すると姫香が身を重ね、可憐な顔を迫らせてきた。

「我慢せず、中にいっぱい出して。私の唾《つば》を飲みながら……」

囁《ささや》くなりピッタリと唇を重ね、生温かな唾液をトロトロと口移しに注ぎ込んできた。

主水も小泡の多い粘液でうっとりと喉を潤し、甘酸っぱい吐息で鼻腔を満たしながら、無意識にズンズンと股間を突き上げはじめた。

「ンンッ……！」

姫香が呻き、合わせて腰を遣《つか》ってくれた。

主水は両膝を僅《わず》かに立てて弾力ある尻を支え、下から両手でしがみつきながら次第に激しく動いた。

大量の淫水が律動を滑らかにさせ、溢れた分がふぐりの脇を伝い流れ、彼の肛門の方まで生ぬるく濡らしてきた。

もう限界である。いったん動くとあまりの快感に腰が止まらなくなり、そのまま彼は激しく昇り詰めてしまった。

「く……、いく……！」

唇を重ねたまま呻くなり、彼は大きな絶頂の快感に全身を貫かれた。

同時に熱い大量の精汁がドクンドクンと勢いよくほとばしり、柔肉の奥深い部分を直撃した。

「アア……、いい気持ち……。いっぱい頂戴……」

噴出を感じた姫香も気を遣ったようにガクガクと狂おしく痙攣《けいれん》して言い、膣内の収縮を高めながら、再び唇を重ねて唾液を注ぎ込んだ。

主水も飲み込みながら精汁を放ち続けたが、それがいつまでも延々と続いているのである。

まるで彼女の唾液を飲むたび、それが精汁と化し、あるいは体内の余分な脂分を含んで排出されているようだ。それが鬼姫の好物なのだろうか。

やがて姫香が口を離し、なおも摩擦運動を続けていると、ようやく彼も出し切り、最後の一滴を洩らして動きを止めていった。

「ああ……」

主水は、今までで一番大きな快感を味わい、声を洩らしながらグッタリと全身の力を抜いた。

「すごく良かったわ。それに美味《おい》しかった……」

姫香も満足げに声を洩らし、肌の硬直を解いて彼にもたれかかった。

まだ膣内が名残惜《なごりお》しげな収縮を繰り返し、刺激された肉棒がヒクヒクと過敏に膣内で跳ね上がった。

そして彼は、姫香の重みと温もりを受け止め、かぐわしく濃厚な果実臭の吐息を嗅ぎながら、うっとりと快感の余韻に浸り込んでいったのだった。

しかし満足しても気怠《けだる》さがないのは、やはり鬼の力によるものなのだろうか。

「これで、主水も鬼の力を宿したわ……」

姫香が、とろんとした眼差《まなざ》しで囁く。

確かに身の内に力が漲《みなぎ》り、鬼の持つ多くの知識まで彼の頭の中に流れ込んでいるようだ。

恐らく薬草の知識も、もう主水は老御典医《ごてんい》以上のものになっているのではないだろうか。

「私の姿は、他の人には見えないわ。そのうちお城へも連れて行って」

姫香が言い、ようやく股間を引き離したが、ヌメリは全て彼女に吸収されたようで、拭く必要もないようであった。

三

「何やら、一夜明けて人が変わったようですね」

主水が夜明けに鬼仏堂を出て母屋に入ると、すでに起きて朝餉の仕度をしていた雪絵が彼を見るなり、目を見張って言った。

「はい、先人たちへの供養の気持ちを強く持って過ごしていたから、身が引き締まったのでしょう」

彼は答えた。

本当は鬼姫を相手に初めての情交をしていたのだが、雪絵はそのようなことは夢にも思わないだろう。

「それは頼もしいです。では朝餉にするので、身を清めてきなさい」

言われ、主水は辞儀をして湯殿に行った。

全裸になり残り湯を浴びたが、寒くも何ともない。まるで鬼の力とともに、身の内に熱を持ったようだった。

しかも一物も雄々《おお》しく屹立《きつりつ》しているではないか。

それでも身体を拭くと、雪絵が用意してくれた真新しい下帯をきつく締めて抑え、着流しで厨《くりや》に出ると、朝餉の仕度が調《ととの》っていた。

すでに外も明るくなっている。

「では、頂戴致します」

雪絵が端座する横で、主水は食事をした。浅蜊《あさり》の味噌汁に飯、鯵《あじ》の干物に酢の物、土地柄で納豆などである。

味わいながら作法通りに食し、全て空にして箸《はし》を置いた。

「ご馳走様《ちそうさま》でした」

「では、食べたものを全て述べますように」

雪絵が言い、すでに試されていることを承知していた主水は淀《よど》みなく答えた。

「大根の酢の物には僅かな海鼠《なまこ》、納豆には蜜柑《みかん》の皮、浅蜊汁には少量の白河附子《しらかわぶし》が入っていました」

白河附子は、トリカブトの毒性を弱めたものと言われる。あえて微量の毒を入れたのも、毒見役としては身に付けねばならない吟味の力なのだ。

むろん姫香にもらった力がなければ、細かには分からなかったことだろう。

「おお、さすがに旦那《だんな》様の選んだ人のことだけはあります」

雪絵が感心し、惚《ほ》れ惚《ぼ》れするように言った。昨日ここへ彼が来たときは、色白肥満で茫洋《ぼうよう》とした頼りない印象だったのだろうが、今はすっかり見直したようである。

「では、毎日薬草に関する、私の持つ知るかぎりのことを厳しく伝授するのでお覚悟を」

「はい、元より承知しております」

「しかし今日は初の登城ですから、教えるのは明日からです。今日は城中で昼餉のとき、恐らく奥医師、典薬頭《てんやくのかみ》、賄い頭、御台所頭に試されることでしょうから、心して登城なさい」

「はい、阿部家の恥になるようなことは決して致しませんので」

「では一つだけ。こちらへ」

雪絵が言って立ち、彼を奥の座敷に招いた。入ると、中には床が敷き延べられている。

「私が毎日、欠かさず服用しているものがあります。それをお当てなさい。ただし触れずに匂いのみにて」

「は……」

彼が戸惑いながら答えると、雪絵は手早く帯を解き、みるみる着物と襦袢、腰巻まで脱ぎ去ってしまったではないか。

（これは、淫気を湧かせているのね。主水の鬼の力に惑わされて）

と、姫香が来て主水の心の中に語りかけた。もちろん彼女の姿は、雪絵からは見えない。

やがて一糸《いっし》まとわぬ姿になった雪絵は、優雅な仕草で布団に仰向けになり、目を閉じて身を投げ出した。

四十を目前にした色白豊満な熟れ肌が息づき、荒くなりそうな呼吸を抑えているようだが、実に豊かな乳房が微《かす》かに起伏していた。

「では失礼を……」

主水は言ってにじり寄り、美しい義母に身を迫らせていった。

そして白い胸の谷間に顔を寄せ、立ち昇る体臭を嗅いだ。

生ぬるく甘ったるい汗の匂いに、雪絵の吐息も肌を伝って感じられた。

食べたものは先ほどの彼と同じ献立だが、熟れた女の吐息は白粉《おしろい》のような甘い刺激が含まれ、悩ましい匂いが胸に沁み込んできた。

すでに、主水には微かに混じる成分が分かった。

それは婦人病、要するに血の道による体調不良に効くと言われている民間の薬である。

「煎《せん》じた竹の葉と紅花《べにばな》……」

「え……？」

彼が呟《つぶや》くと、雪絵が驚いて目を開けた。

「た、確かに……。でも、もう一種類入っています……」

彼女は言い、養子の前で全裸を晒《さら》す羞恥をもっと味わっていたいようだった。

主水は、やはりすぐに分かったが、彼女の期待と自身の淫気のため、気づかぬふりをして続行した。

雪絵の腕を差し上げ、色っぽい腋毛の煙る腋の下に鼻を寄せると、何とも甘ったるい汗の匂いが揺らめいた。

「アア……」

雪絵が小さく喘ぎ、彼の息を敏感な脇腹に感じてビクリと反応した。

姫香は、気を利かせたように姿を消したので、鬼仏堂へと戻ってしまったのだろう。主水が何をしようとも、人同士の男女のことには、姫香は特に悋気《りんき》など抱かないようだった。

彼は移動し、雪絵の足指に迫って嗅ぐと、やはり汗と脂の湿り気と蒸れた匂いが感じられた。鼻を割り込ませて嗅がなくても、鬼の力により五感が倍加しているのかも知れない。

やがて雪絵の股を全開にさせ、彼は腹這いになって股間に顔を寄せていった。

ふっくらした丘には黒々と艶《つや》のある恥毛が濃く密集し、肉づきが良く丸みを帯びた割れ目からは、桃色の花びらがはみ出し、すでに潤いはじめていた。

「触れられませんので、義母上《ははうえ》が指で広げて下さいませ」

「アア……、中まで見るのですね……」

股間から言うと、雪絵も熱く喘ぎながら答え、そろそろと両手を股間に当て、両の人差し指でグイッと陰唇を左右に広げてくれた。

中身が丸見えになり、主水は思わずゴクリと生唾を飲んで目を凝らした。

柔肉も綺麗な桃色で清らかな蜜に潤い、ヒクヒクと息づく膣口の襞が何とも艶《なま》めかしかった。

ポツンとした尿口もあり、包皮を押し上げるように突き立ったオサネは、姫香より大きめで、ツヤツヤと綺麗な光沢を放っていた。

股間に籠もる熱気には、やはり蒸れた汗とゆばりの匂いが感じられた。

「アア……、そんなに見るものではありません……」

雪絵が、息も絶えだえになって喘ぎ、白い下腹を小刻みに波打たせた。

「匂いばかりでなく、味を見ても構いませんか」

「ど、どうか、お好きに……」

言うと彼女は、羞恥と興奮で朦朧《もうろう》となりながら答えた。

主水も顔を埋め込み、柔らかな恥毛に鼻を擦りつけて悩ましい匂いを貪り、舌を挿し入れていった。

生ぬるいヌメリは淡い酸味を含み、すぐにもヌラヌラと舌の動きを滑らかにさせた。膣口からオサネまで舐め上げていくと、

「あう……、も、主水殿……。どうか、そなたも脱いで、入れて……」

とうとう雪絵も本音を漏らし、熟れ肌をくねらせてせがんだ。

どうやら毎日服用している婦人病用の薬種は、欲求の解消にはならないようである。

「もう少しだけ」

主水は答え、さらに雪絵の両脚を浮かせ、白く豊満な尻の谷間に顔を迫らせていった。

ひっそり閉じられた桃色の蕾は、僅かに枇杷《びわ》の先のように盛り上がり、恥ずかしげに息づいていた。

主水は鼻を埋め、豊かな双丘の弾力を顔中に受けながら蕾に籠もる悩ましい匂いを貪り、舌を這わせていった。

四

「あう、駄目。そのようなこと……！」

ヌルッと舌を潜り込ませると、雪絵が驚いたように呻き、キュッときつく肛門で主水の舌先を締め付けてきた。

彼は舌を蠢かせ、滑らかな粘膜の淡く甘苦いような微妙な味わいを堪能した。

鼻先にある割れ目からは、いつしか白っぽく濁《にご》った淫水が溢れ、ようやく彼は雪絵の脚を下ろし、再び陰戸に戻ってヌメリをすすった。

そしてオサネを舐めながら帯を解いて着物と下帯を脱ぎ、彼女と同じく一糸まとわぬ姿になっていった。

「お、お願い、主水殿。早く……」

「まだ私は何も知りませんので、どうか義母上が上に」

せがむ雪絵に答え、彼は添い寝して言った。本当は姫香で女は知っているが、人とするのは初めてなので嘘ではない。

すると彼女も待ちきれないように身を起こし、彼の股間に触れてきた。

「まあ、このように硬くなって、そなたは母に淫気を抱くのですか」

雪絵はニギニギと愛撫しながらも、残っていた僅かな建て前で詰《なじ》るように言った。

「ええ、申し訳ありません。義母上があまりに美しいので……」

仰向けになった主水が身を投げ出して言うと、

「仕様のない子です。では、これ一度きりですよ」

雪絵が熱っぽい眼差しを一物に向けながら言い、そのまま屈《かが》み込んで舌を這わせてきた。粘液の滲む鈴口を舐め、張り詰めた亀頭をしゃぶり、喉の奥までスッポリ呑み込むと、

「ンン……」

雪絵が熱く鼻を鳴らして吸い付き、クチュクチュと舌をからめた。

「ああ……、気持ちいい……」

主水は快感に喘ぎ、美しく熟れた義母の口の中で幹を震わせた。

雪絵もたっぷりと唾液に濡らしただけでスポンと口を離し、身を起こして前進してきた。

「う、上になるなど初めて……」

彼女は言って主水の股間に跨がり、先端に割れ目を押しつけて位置を定めると若い一物を味わうようにゆっくり腰を沈めていった。

張り詰めた亀頭が潜り込むと、あとは潤いと重みでヌルヌルッと滑らかに嵌《は》まり込んだ。

「アア……！」

完全に座り込むと雪絵が顔を仰け反らせて喘ぎ、主水も心地よい温もりと感触に陶然となった。

両手を伸ばして抱き寄せると、彼女も素直に熟れ肌を重ねてきた。

互いに腰を遣うと引き抜ける恐れもあるから、豊満な尻を支えるため両膝を立て、彼はまず潜り込むようにして乳首に吸い付いた。

すると顔中に豊かな乳房が密着し、まるで搗《つ》きたての餅《もち》に顔を埋めたような心地よい窒息感に包まれた。

彼は舌で乳首を転がし、もう片方も含んで念入りに舐め回した。

さらに腋の下にも鼻を埋め、腋毛に籠もる濃厚に甘ったるい汗の匂いに噎《む》せ返った。

「い、いい気持ち……」

雪絵が喘ぎ、徐々に腰を動かしはじめた。彼も合わせて股間を突き上げると、大量のヌメリが動きを滑らかにさせた。

白い首筋を舐め上げ、唇を重ねていくと、

「ンンッ……」

雪絵も熱く鼻を鳴らしながら舌をからめ、彼は生温かな唾液に濡れて滑らかに蠢く感触を味わった。

徐々に二人の動きが一致し、律動に合わせてピチャクチャと淫らに湿った摩擦音が聞こえてきた。

「アア……。な、なんと良い……」

口を離し、淫らに唾液の糸を引きながら雪絵が熱く喘いで、膣内の収縮を活発にさせていった。主水も、義母の吐き出す湿り気ある白粉臭の息を嗅ぎながら高まり、急激に絶頂を迫らせた。

すると、やはり飢《う》えていたらしい雪絵の方が先に気を遣ってしまった。

「い、いく……。アアーッ……！」

声を上げるなりガクガクと狂おしい痙攣を開始し、その収縮の渦に巻き込まれるように、続いて主水も昇り詰めた。

「く……！」

快感に呻きながら、ありったけの熱い精汁をドクンドクンと勢いよくほとばしらせると、

「あ、熱いわ、もっと……！」

噴出を感じた雪絵が、駄目押しの快感を得たように口走り、若い精汁を吸い取るように貪欲《どんよく》に締め上げてきた。

主水も股間をぶつけるように動き続け、心地よい肉襞の摩擦の中、心置きなく最後の一滴まで出し尽くしていった。

すっかり満足して徐々に突き上げを弱めていくと、

「ああ……」

雪絵も声を洩らし、熟れ肌の強ばりを解きながらグッタリともたれかかってきた。まだ膣内は息づくような収縮が続き、射精直後の彼自身がヒクヒクと内部で

過敏に震えた。

「も、もう堪忍《かんにん》。暴れないで……」

すると雪絵も、敏感になっているように言い、幹の震えを抑えるようにキュッときつく締め上げてきた。

主水は初めて人の女と交わった感激に包まれ、義母の吐き出すかぐわしい息を嗅ぎながら、うっとりと余韻を味わったのだった。

「こんなに感じるなど、初めてのことです……」

雪絵が息も絶えだえになって言い、ノロノロと股間を引き離してゴロリと横になった。

そして互いにしばし荒い息遣いを整えていたが、

「さあ、身体を流しましょう……」

雪絵が言って身を起こし、主水も彼女を支えながら一緒に立ち上がって湯殿へと行った。

互いに残り湯を浴びて股間を洗い流すと、また主水はムクムクと回復してきてしまった。やはり鬼の力を宿しているので、休憩など必要なく、何度でも出来るのかも知れない。

彼は簀の子《すのこ》に座り、目の前に雪絵を立たせた。

「どうするのです……」

「ここに足を乗せて、ゆばりを放って下さいませ」

彼は言いながら雪絵の片方の足を浮かせ、風呂桶《おけ》のふちに乗せさせ、開いた股間に顔を埋めた。

「まあ、なぜそのようなことを……」

「病のない身体の、出すものの味も覚えておいた方が良いかと」

主水が答えると、雪絵も納得したように息を詰め、下腹に力を込めて尿意を高めはじめてくれた。

確かに、主君のゆばりなど舐めて病の有無を吟味する機会が来るかも知れないのである。

「ああ、出るかしら……」

雪絵は息を弾ませながら、懸命に出そうとしてくれた。もう茂みに籠もっていた濃い匂いは薄れてしまったが、割れ目内部を舐めると新たな淫水が溢れて舌の動きが滑らかになった。

「アア、出る……」

彼女が言うなり、内部の柔肉が迫《せ》り出すように盛り上がった。そして味わいと温もりが濃く変化すると同時に、チョロチョロと熱い流れがほとばしってきたのである。

主水は舌に受け、淡く上品な味と匂いを堪能しながら喉に流し込み、甘美な悦《よろこ》びで胸を満たした。

「あうう……。このようなことするなど……」

雪絵はガクガクと膝を震わせながら呻き、それでも勢いを増して放尿を続けてくれた。口から溢れた分が温かく胸から腹へ伝い流れ、すっかりピンピンに回復した一物が心地よく浸された。

やがて勢いが衰えると流れが治まり、ポタポタと滴《したた》る雫《しずく》に淫水が混じりツツーッと糸を引いた。

彼は舌を這わせて雫をすすり、残り香の中で柔肉を舐め回した。

すると新たな淫水が残尿を洗い流し、淡い酸味のヌメリが割れ目内部に満ちていった。

「も、もう駄目……」

雪絵が言って脚を下ろすと、立っていられないようにクタクタと座り込んできた。それを支え、彼はもう一度互いの身体を流した。

雪絵を立たせて身体を拭くと、二人は全裸のまま部屋の布団に戻っていった。

「そろそろ登城の仕度を」

「ええ、でもまた勃《た》ってしまったので……」

彼が甘えるように、勃起した一物を突き出すと、雪絵は呆《あき》れたように嘆息し、やんわりと握ってくれたのだった。

五

「もう一度入れると動けなくなるので、私のお口で良ければお出しなさい」

雪絵が言ってくれ、主水が仰向けになると彼女も顔を寄せ、先端にしゃぶり付いてくれた。

舌を這わせながらモグモグとたぐるように喉の奥まで呑み込み、幹を締め付けて吸いながら、念入りに舌をからめた。

「ああ、気持ちいい……」

主水が喘ぎながらズンズンと股間を突き上げると、雪絵も顔を上下させ、濡れた唇でスポスポと強烈な摩擦を繰り返してくれた。

たちまち絶頂が迫り、彼は義母の口の中で激しく昇り詰めてしまった。

「い、いく、義母上……！」

主水は快感に口走りながら、ありったけの熱い精汁をドクンドクンと勢いよくほとばしらせ、義母の喉の奥を直撃した。

「ク……、ンン……」

噴出を受けて小さく呻きながらも、雪絵は噎せ返ることもなく摩擦と吸引、舌の蠢きを続行してくれた。

美女の口を汚《けが》すという禁断の思いも興奮に加わり、彼は心ゆくまで快感を味わいながら最後の一滴まで出し尽くしてしまった。

「ああ……」

彼は声を洩らし、満足してグッタリと四肢を投げ出した。

雪絵も吸引と摩擦を止め、亀頭を含んだまま口に溜まった大量の精汁を一息にゴクリと飲み込んでくれた。

「く……」

喉が鳴ると同時に口腔がキュッと締まり、彼は駄目押しの快感に呻いた。

ようやく彼女もスポンと口を離し、なおも余りを絞るように幹をしごいた。

そして鈴口に舌を這わせ、滲む白濁《はくだく》の雫までチロチロと丁寧に舐め取ってくれたのである。

「あうう……。も、もうどうか……」

主水はクネクネと腰をよじらせて呻き、すっかり過敏になった幹を震わせて降参した。

すると雪絵も舌を引っ込めて顔を上げ、淫らにヌラリと舌なめずりした。

そして添い寝すると腕枕してくれ、彼の呼吸が整うまで抱いてくれた。

「立て続けの二度目なのに、何と精気に満ちて、多くて濃い……」

彼女は上気した顔で言った。どうやら食と薬に精通している雪絵は、今までにも主膳の精汁を飲んだことがあるのだろう。

主水も、うっとりと柔肌に包まれながら余韻を味わった。雪絵の吐息に精汁の生臭さはなく、さっきと同じ上品な白粉臭がしていた。

やがて彼の息遣いと動悸《どうき》が治まると、

「さ、これで落ち着いたでしょう。少し休んだらお仕度を」

雪絵は言って身繕《みづくろ》いをして出てゆき、登城の着物を持って戻ってきた。

主水も身を起こし、用意された真新しい下帯と襦袢を着た。

彼は足袋《たび》を履《は》いてから着物を着て帯を締め、雪絵に手伝ってもらいながら裃《かみしも》と袴を着けた。

そして脇差を帯びると、主水は大刀を手に玄関に行った。

「では、行って参ります」

「ええ、恙《つつが》なくお役目を果たしますように」

見送る雪絵に辞儀をし、主水は大刀を帯びて屋敷を出た。

外の通りに出ると、すぐに姫香が姿を現し、嬉《うれ》しげに跳ねるように付いてきた。

「お城へ行くなんて初めて」

「姿が見えないのだから、いつでも行けただろうに」

「そうはいかないの。今までは、山を下りて鬼仏堂に棲みついただけ。今は、同じ力を宿した主水が一緒だから出られるのよ」

姫香が言う。どうやら住む場所と行ける範囲というのが決まっているようで、とにかく主水も、この世には見えないが多くの人ならぬものがいるということが分かってきた。

「鬼は村へ出て人を取って食うのではないのか」

「昔はあっただろうけど、今は互いに触れ合わず長閑《のどか》に暮らしているわ」

彼女が言い、その昔というのがどれほど前なのか主水には分からなかった。

「お城だわ」

歩いて行くと、山の上に白亜《はくあ》の三層の城が見えてきた。屋敷から、歩いて四半刻（約三十分）ほどである。

今までは、主水のような下級の見習いは年に数度の催《もよお》しがある以外登城などしなかった。見習いといっても、家で父の書類の整理をするぐらいである。

長兄は跡を継ぎ、次兄は他家へ養子に入っている。

やがて城門をくぐり、坂と階段を幾つも上ったが、昨日までのように疲れることはなく、全身に言いようのない力が漲り、さしたる緊張感も覚えなかった。

本丸に入って草履《ぞうり》を脱ぎ、大刀を預けて奥の院に進んだ。

座して待つうち呼ばれ、まずは主君神崎正隆《かんざきまさたか》への拝謁《はいえつ》である。届け出は済ませているが、もちろん拝謁は初めてのことだ。

しかし鬼の力で緊張も気後《きおく》れもない。

恭しく進んで平伏していると、奥から二十歳を少し出たばかりの若君、正隆が出てきた。

姫香は、城内のあちこちを見て回っているらしい。

「このたび、膳奉行を仰《おお》せつかりました阿部主水にございます」

「おお、若いな。面《おもて》を上げい」

主水が言うと正隆が答え、彼はやや顔を上げた。主君は瘦《や》せて青白い虚弱な体質である。正室を娶ったばかりだが、まだ子はない。

「何と頼もしげな面構《つらがま》え。よろしく頼むぞ」

「は……」

再び平伏すると、それで拝謁は終わった。

正隆が出ていくと、ようやく顔を上げ、主水も部屋を出て厨の脇にある座敷に呼ばれた。

少し待っていると、三人の初老の家臣が現れた。

典薬頭で奥医師の宗庵《そうあん》、賄い頭の市村甚之助《いちむらじんのすけ》、御台所頭の真鍋作太郎《まなべさくたろう》である。

賄い頭は食材の仕入れ、御台所頭は調理一切を仕切っていた。

甚之助は、主水の父の上士であるから顔は知っていた。

「そなたが阿部殿の養子、主水か」

「は、お見知りおかれますよう、よろしくお願い申し上げます」

言われて、主水も平伏して答えた。

三人は、弱冠二十歳の主水が、自分たちと同じ禄高《ろくだか》になり、全てを束ねる長となったことが面白くないように、見下した態度を取っていた。

「主膳殿は優秀だったが、そなたに膳奉行が務まるかの」

「はい、身命を賭《と》してご奉公 仕《つかまつ》る所存にございます」

「ならば、お手並み拝見と参ろうか」

作太郎が言い、手を打つと女中が昼餉の膳を持ってやってきた。

「まず、それを食して食材と味付けを言うてもらおうか」

言われて膳を見ると、白米に香の物、膾《なます》、サヨリ、茗荷《みょうが》、吸物は合歓《ねむ》と豆腐。

「あはは」

見た途端、主水は思わず笑ってしまった。

「な、何が可笑《おか》しいか！」

「失礼、ずいぶん入れましたね。では頂戴致します」

笑みを消し、主水は箸を取り吸物を一口。

「烏頭《うず》ですか、それに石見《いわみ》銀山《ぎんざん》が少量」

彼は言いながら、具を食し、汁を飲み干した。

毒と知り平気で空にした彼を、三人が目を丸くして見ている。

烏頭は白河附子と同じくトリカブト、薬をブシ、毒をブスと言う。石見銀山(亜《あ》ヒ酸《さん》)は猫いらずとして殺鼠剤《さっそざい》として使う。

主水は平気で、次々と皿を空にしていった。

「なるほど、曼陀羅華《まんだらげ》ですね。おお、河豚《ふぐ》毒と狼《おおかみ》ナスビも少々」

言いながら順々に平らげた。曼陀羅華は別名朝鮮朝顔《ちようせんあさがお》、もしくはキチガイナスビとも言われ、狼ナスビはベラドンナで、全て毒性がある。

まあどれも少量だが、それで彼が痺《しび》れたり泡を吹いたら笑おうという算段だったようだ。もちろん鬼の力で、全ての毒は分かるし、自分に効かないことも察していた。

「ご馳走様でした。この程度の毒なら、その懐中にある解毒の薬は必要ありませんので」

「な、なんと……。まだ飯が残っておる……」

「これはご遠慮申し上げます。雲脂《ふけ》が混じっておりますので」

「うむ……」

甚之助と作太郎は顔を真っ赤にして唸《うな》ったが、宗庵だけは笑い声を上げた。

「ははは、見事。これなら安心してお任せできる」

宗庵が言うと、甚之助と作太郎の二人は憤然《ふんぜん》と席を立ち、足早に出て行ってしまった。

「そこもとが、これほどとは思わなんだ。そこで、ときに内密の相談があるのだが聞いてくれるか」

「はい。どのような」

典薬頭で奥医師、六十年配で坊主頭の宗庵が言うと、主水も居住まいを正して聞いたのだった。

第二章　生娘《きむすめ》の蜜汁で強精薬を

一

「さっき拝謁《はいえつ》しただろうが、若君はことのほか虚弱でな」

宗庵が、悲痛な面持《おもも》ちで主水に言った。

「はい。でも立ち振る舞いには、さしてご不自由はないと思いますが」

「ああ、元より聡明な方だし、藩主としての役目は滞《とどこお》りなく務めておられるが、ただお世継ぎが出来なくて困る。ご正室のみならず、多くの側室を当てごうても淫気が芽生えず、こればかりは持って生まれた体の質によるものなのだろう。多く精のつくものを調合したのだが一向に」

「なるほど……」

言われて、主水も先ほどの正隆の様子を思い出して頷《うなず》いた。

「そこで、主膳殿の遺《のこ》したものの中に、淫気を増大させる薬の調合など記したものはないだろうか」

宗庵が言ったとき、姫香が姿を現した。

（あるわ。淫気の強くなる秘薬が）

それを聞き、主水も口を開いた。

「あると思います。先日、義父《ちち》の遺したものを見ているとそれらしきものが」

「おお、あるか。阿部家秘伝のものであろうから、わしが見るわけにはゆかぬ。そなたが作ってくれぬか」

「承知致しました。では早速にも」

「ああ、頼む。その間はお毒見役は儂《わし》が代わりに務めよう」

宗庵が言い、主水も恭《うやうや》しく頷いて、やがて城を辞したのだった。

「鬼の秘薬か。淫気を増大させるとは、どのようなものなのだ？」

歩きながら、主水は姫香に訊《き》いた。

「和合水《わごうすい》。生娘《きむすめ》が初めて交接したときの、淫水と精汁と破瓜《はか》の血を混ぜたものに、私の唾《つば》と淫水を入れるの」

「ううん、何やら妖《あや》しげだな……」

主水は言い、股間を熱くさせながら、やがて帰宅した。

「お帰りなさいませ」

すると、住み込みで女中奉公している菜美《なみ》が、庭で花の手入れをしながら頭を下げて言った。

彼女は阿部家に出入りしている八百屋《やおや》の娘で十八になったばかり、春には嫁に行くことになっているので、それまで雪絵の下で行儀見習いをして、武家奉公で箔《はく》を付けようというらしい。

「この子は生娘だわ。手伝わせましょう」

姫香が言った。

「町人の娘の淫水でも良いのか」

「武家も町人もないわ。みんな同じよ」

「そうか、分かった」

主水は、菜美の体液と自分の精汁を混ぜ、それを若君に飲ませるということに妙な興奮を覚えた。

やがて屋敷に入ると、姫香は姿を消し、主水は雪絵に挨拶《あいさつ》をした。

「義母上《ははうえ》、ただいま戻りました」

「無事に拝謁と昼餉《ひるげ》を済ませて参りましたか」

「はい、それで典薬頭の宗庵様からご依頼の筋が」

「まあ、どのような」

彼が言うと雪絵は目を丸くし、初日から大きな役割をもらったことに喜色を浮かべた。

「はい、若君の虚弱を治すための薬の調合を頼まれましたので、義父上の離れをお借りしたいのですが」

主水は言った。主膳の仕事場は、やはり多くの薬草を使うため母屋《おもや》ではなく独立した離れにあったのだ。

「しばらくは、そこで寝泊まりすることになるかと思います。それから、手伝いにお菜美を借りたいのですが」

「承知しました。良いようになさい」

雪絵も、すぐに頷いてくれた。何しろ鬼の力を宿した主水の精汁を吸収しているから、雪絵も細かな詮議《せんぎ》などせず、何もかも承諾してくれるようだ。

主水は刀を架けて裃《かみしも》と袴《はかま》を脱ぎ、着流しになると布団を抱え、鬼仏堂の隣にある離れへと行った。

そこは六畳間が二つ。片方には文机《ふづくえ》があり、あとはとにかく夥《おびただ》しい書物と薬の壺が所狭しと置かれているだけだ。

場所を空けて床を敷き延べると、姫香が姿を現した。

「これと、これ、それに懐紙《かいし》」

姫香は言い、空いている徳利《とっくり》や小皿、紙などを揃えて文机に置いた。

すると間もなく、菜美も恐る恐る入ってきた。

「あの、奥様に言われて参りました。何やら大切なお役目の手伝いなので、何でも主水様の言いなりになって、恙《つつが》なく務めるようにと」

「ああ、お前でなくてはならぬ仕事だからな、頼むぞ」

彼は言い、笑窪《えくぼ》のある愛くるしい菜美を見つめて股間を熱くした。

「まず、話を聞いておきたいが、春に嫁《とつ》ぐ相手は存じ寄りのものか？」

「いえ、隣町にある料理屋の一人息子で、顔は知っていますが話したことはありません」

菜美が言う。

ならば、一途《いちず》に恋い焦《こ》がれて一緒になるわけではなく、親たちの取り決めなのだろうから、こっそり初物を頂いても構わないだろう。

もっとも鬼の力があるから、菜美も主水と情交したところで不幸になどならないだろうし、彼女が悦《よろこ》びを感じるよう姫香も操《あやつ》ってくれるに違いなかった。

「そうか。では嫁いだら、男と女が何をどうするかということは、もう知っているのかな」

「手習いの仲間たちと話し合いましたから、何をするかぐらいは知っています」

菜美が、ほんのり頬を染めて言った。

「うん、それをこれから私とすることになるが、済んだら忘れるのだ」

「はい、何でも言いなりになりますので」

言うと彼女は、すっかり好奇心に満たされたように、羞じらいながら笑みさえ含んで答えた。どうやら、すでに主水と姫香の持つ力に、操られはじめているのかも知れない。

「ならば、まず脱ごう。全て」

主水は言って帯を解き、着流しを脱いで襦袢《ジュバン》と下帯《したおび》も取り去った。

すると菜美も立ち上がり、ためらいなく脱ぎはじめたのだ。

姫香は邪魔しないよう黙って姿を消し、雪絵も決してこちらへは来たりしないだろう。

全裸になった主水は、先に布団に横たわり、脱いでゆく菜美を眺めた。

菜美もシュルシュルと帯を解いて着物を脱ぎ、襦袢と腰巻を脱いでいった。

薬草臭い室内に、生娘の甘ったるい体臭が生ぬるく立ち籠めはじめ、菜美は白い肌を露《あら》わにして一糸《いっし》まとわぬ姿になった。

なかなかムチムチと肉づきが良く、実に健《すこ》やかそうな体つきだった。

そして菜美は胸を押さえてしゃがみ込みながら、こちらへ向き直った。

「じゃここへ来て、ここに跨《また》がって座るんだ」

主水は言い、自分の下腹を指した。初めて触れる生娘だから、一番してみたいことを求めたのである。

「こ、ここに座るんですか……」

「うん、全てはお役目のためだから、何とか堪《こら》えて力を貸して欲しい」

勃起した幹を震わせながら言うと、菜美も一物《いちもつ》の方はあまり見ないようにしながら、恐る恐る近づいてきた。そして震えながら片方の足を浮かせて彼の下腹に跨がり、そろそろと腰を下ろした。

「ああ……」

菜美が声を震わせ、無垢《むく》な陰戸《ほと》をピッタリと彼の下腹に密着させて座った。

主水も、割れ目の感触を下腹に受けて陶然《とうぜん》となりながら、

「では両脚を伸ばして、足の裏を私の顔に乗せてくれ」

「そ、そんなこと無理です……」

言うと菜美は、畏《おそ》れ多さで今にも泣きそうになりながら身を縮めた。

「無理を承知で頼む」

言うと、やはり彼女も操られ、主水が立てた両膝にそっと寄りかかりながら、両脚を伸ばしてきた。

主水の顔に両の足裏が乗せられると、彼は生娘の身体の重みを受けて酔いしれ、踵《かかと》から土踏まずに舌を這わせた。

「あう……」

菜美が呻《うめ》いて腰をよじると、密着した陰戸が下腹に、生ぬるい湿り気を含みはじめる感触が伝わってきた。

縮こまった指の間に鼻を割り込ませて嗅《か》ぐと、そこはやはり生ぬるい汗と脂《あぶら》にジットリ湿り、蒸《む》れた匂いが濃く沁み付いていた。働き者だけに、それは雪絵より濃厚な匂いだ。

彼は町家の生娘の足指の匂いを堪能し、爪先にしゃぶり付いた。

「ああ……、い、いけません……」

順々に指の股にヌルッと舌を潜り込ませて味わうと、菜美がか細く喘《あえ》ぎ、密着する陰戸の潤《うるお》いを増していった。

やはり姫香の操作によるものか、かなり興奮が高まってきたようだ。

主水は両足とも、全ての指の間を舐め、味と匂いを貪《むさぼ》り尽くしたのだった。

二

「さあ、では前に来て顔に跨がってごらん」

主水が言い、菜美の両足を顔の左右に置いて手を引っ張った。

「あん……。よ、良いのでしょうか……」

菜美も尻込みしながら、引っ張られるまま前進し、とうとう武士の顔に跨がってしまった。

彼は、まるで厠《かわや》に入った生娘の股間を真下から見上げるように目を凝《こ》らした。

内腿はムッチリと張りがあり、股間のぷっくりした丘には楚々《そそ》とした若草が恥ずかしげに煙り、割れ目からはみ出した花びらは清らかな蜜に潤っていた。

陰唇を指で広げると、奥には無垢な膣口が息づき、小粒のオサネが包皮の下から光沢ある顔を覗《のぞ》かせていた。

股間から発する熱気が主水の顔を包み、菜美は座り込まぬよう懸命に彼の顔の左右で両足を踏ん張っていた。

そのまま彼は腰を抱き寄せ、若草の丘に鼻を埋《うず》め込んで嗅いだ。

淡い茂みの隅々には、生ぬるい汗とゆばりの匂いが馥郁《ふくいく》と蒸れて籠もり、悩ましく鼻腔《びこう》を刺激してきた。

舌を挿《さ》し入れると柔肉は淡い酸味のヌメリに潤い、膣口からオサネまでゆっくり味わいながら舐め上げると、

「アアッ……！」

菜美は熱く喘ぎ、ヒクヒクと白い下腹を波打たせせた。

彼は生娘の体臭で胸を満たし、清らかな蜜汁をすすりながらオサネを刺激し、さらに尻の真下に潜り込んでいった。

ひんやりした双丘の弾力を顔中に受け止めながら、谷間の可憐《かれん》な蕾《つぼみ》に鼻を埋め込んで嗅ぐと、やはり蒸れた匂いが悩ましく籠もり、その刺激が鼻腔を掻き回してきた。

　充分に嗅いでから舌を這わせ、細かに収縮する襞を濡らしてヌルッと潜り込ませ、滑《なめ》らかな粘膜を探ると、

「あう……！」

　菜美が呻き、キュッときつく肛門で舌先を締め付けてきた。

　主水は中で舌を蠢《うごめ》かせ、微妙に甘苦い味わいを堪能してから、再び陰戸に戻って大量のヌメリを舐め取り、オサネに吸い付いていった。

「も、もう駄目です……」

　菜美はすっかり刺激で朦朧《もうろう》となり、高まりを恐れるようにビクッと股間を引き離してしまった。

　主水も追わず、そのまま菜美の顔を股間に押しやると、彼女も素直に一物に顔を寄せてきた。

　荒い呼吸を繰り返しながら熱い視線を這わせ、彼は敏感なところに生娘の息を感じてヒクヒクと幹を上下させた。

「いじって」

　言うと彼女も恐る恐る指を這わせ、幹を撫《な》でてくれた。

「ああ、気持ちいいよ、すごく」

主水が息を弾ませて喘ぐと、次第に菜美も気を取り直して好奇心を湧かせたか、張り詰めた亀頭にも触れてきた。

「こんなに大きなものが入るのかしら……」

目を凝らして呟《つぶや》くので、

「入るよ。そのために陰戸も濡れるのだからね」

彼は答え、生娘の愛撫に身を委《ゆだ》ねた。菜美も幹を手のひらに包み込んでニギニギと動かし、ふぐりにも触れて睾丸《こうがん》を確かめ、袋をつまみ上げて肛門の方まで覗き込んできた。

「お口で可愛がって……」

主水は、無邪気《むじゃき》な指の動きに高まりながら言った。

すると菜美も幹に指を添え、そろそろと顔を寄せてきた。そして舌を伸ばし、粘液の滲《にじ》む鈴口《すずぐち》をチロリと舐めると、さして不味《まず》くなかったか、すぐにもチロチロと這い回らせてくれた。

「ああ、気持ちいい。深く入れて……」

彼が言うと、菜美も可憐な口を精一杯丸く開いて喉の奥までスッポリと呑み込み、熱い息を股間に籠もらせてきた。

生娘の口の中は、実に温かく濡れて心地よかった。

彼女が幹を締め付けて吸い、クチュクチュと舌をからめはじめると、

「アア……」

主水は喘いで思わずズンズンと股間を突き上げてしまった。

「ンンッ……」

菜美は喉の奥を突かれて呻き、清らかな唾液をたっぷり溢《あふ》れさせながら、自らも顔を上下させてスポスポと摩擦してくれた。

「い、いいよ。もう、入れたい……」

すっかり絶頂を迫らせた主水が言うと、菜美もチュパッと軽やかな音を立てて口を離した。

(本手《ほんて》にして)

すると姫香の声が聞こえた。

彼が茶臼《ちゃうす》(女上位)好きなことを知っているので、和合水を採りやすいように警告したのだろう。

仕方なく主水は身を起こし、入れ替わりに菜美を仰向けにさせた。

そして股を開かせ、胸を高鳴らせながら股間を迫らせていった。

急角度にそそり立った幹に指を添えて下向きにさせ、無垢な蜜汁にまみれている陰戸に押し当て、位置を定めた。

菜美もすっかり覚悟を決めたように長い睫毛《まつげ》を伏せ、じっとしていた。

主水は、初めての生娘を味わいながら、ゆっくり挿入していった。

張り詰めた亀頭が潜り込むと、あとは潤いで滑らかにヌルヌルッと根元まで嵌《は》まり込んだ。

「あう……」

菜美が眉をひそめて呻き、主水は熱いほどの温もりと潤い、きつい締め付けと肉襞の摩擦を味わい、ピッタリと股間を密着させた。

脚を伸ばして身を重ねると、まだ動かずに屈《かが》み込み、左右の乳首を含んで舌で転がし、顔中で膨《ふく》らみの張りを味わった。

しかし菜美の全神経は股間に集中しているようで、特に乳首への刺激の反応はない。

両の乳首を充分に味わってから、彼は菜美の腕を差し上げ、腋《わき》の下にも鼻を埋め込んで嗅いだ。生ぬるく湿った和毛《にこげ》には、甘ったるい汗の匂いが可愛らしく籠もり、心地よく鼻腔を刺激してきた。

さらに首筋を舐め上げてピッタリと唇を重ねると、ぷっくりした無垢な弾力と唾液の湿り気が伝わった。

舌を挿し入れて滑らかな歯並びを左右にたどると、彼女も無意識に歯を開いて侵入を許してくれた。奥に潜り込ませて舌をからめると、菜美の舌もチロチロと蠢いた。

その間も、膣内は異物を確かめるような収縮が続き、主水も我慢できなくなって、様子を見ながら徐々に腰を動かしはじめた。

「アアッ……」

菜美が口を離して喘ぐと、何とも可愛らしく甘酸っぱい吐息が鼻腔を刺激してきた。姫香の匂いに似ているが、それほど濃厚ではなく、実に清らかな果実臭であった。

主水はいったん動くと、あまりの快感に腰が止まらなくなり、熱い湿り気を含んだ可憐な吐息を嗅ぎながら、次第に勢いを付けて動きはじめてしまった。

「痛くないか」

「ええ、だんだんいい気持ちに……」

気遣《きづか》って囁《ささや》くと、菜美が健気《けなげ》に答えた。

すでに鬼の力を宿した彼の唾液を、陰戸や舌から吸収しているので、破瓜の痛みも和らいで快感が芽生えてきたのだろう。

締め付けと、ヌメリによる摩擦が最高で、主水は彼女の喘ぐ口に鼻を擦《こす》りつけ、唾液と吐息の匂いに酔いしれながら、たちまち昇り詰めてしまった。

「い、いく……！」

突き上がる快感に呻き、熱い大量の精汁をドクンドクンと勢いよくほとばしらせた。

「あう……」

その勢いに菜美も声を洩らし、飲み込むかのようにキュッキュッと締め付け、中に満ちる精汁で動きもヌラヌラと滑らかになった。

主水は心ゆくまで快感を味わい、最後の一滴まで出し尽くしながら、徐々に動きを弱めていった。

「ああ……」

菜美も、無意識に嵐が過ぎ去ったことを察したように、いつしか肌の強《こわ》ばりを解いて小さく声を洩らした。まだ膣内の収縮は続き、刺激された幹がヒクヒクと過敏に震えた。

そして主水は、彼女の熱い吐息を嗅いで胸を満たしながら、うっとりと快感の余韻に浸り込んでいったのだった。

「どいて」

やがて姫香に言われ、彼は呼吸が整わないうち身を起こし、そろそろと股間を引き離した。見ると小ぶりの陰唇がめくれ、膣口から逆流する精汁に、うっすらと破瓜の血が混じっていた。

三

「淫水の多い子だわ。ずいぶん気持ち良かったみたい」

姫香が言い、菜美の股間に顔を寄せ、割れ目に口を付けてヌメリを吸い出し、自分の唾液と混ぜて小皿にトロトロと吐き出した。

菜美は初めての体験と妖しい快感に、すっかり放心状態となって息を弾ませ、股間を誰が吸っているかも分からないように身を投げ出していた。

やがて姫香は、菜美の陰戸から顔を上げた。全てすすったため、もう紙で拭く必要もないほど菜美の割れ目は綺麗になっていた。

「さあ、あとは私の淫水を入れるだけ。ここに寝て」

姫香に言われるまま、主水は菜美の隣に横たわった。

すると姫香は、満足げに萎《な》えかかっている一物にしゃぶり付き、淫水と愛液、僅《わず》かな破瓜の血に濡れた亀頭を吸った。

そして姫香は舌をからませながら、自分でオサネを擦り、下に置いて跨がった小皿に、ポタポタと淫水を垂らしはじめたのだ。

やはり自分でいじるだけではなく、彼自身をしゃぶった方が淫気が高まるのだろう。

「ああ……、気持ちいい……」

主水は、亀頭や幹にからみつく姫香の長い舌の感触とヌメリ、吸引と摩擦で急激に回復しながら喘いだ。

「ンン……」

姫香も快感を高めたように熱く鼻を鳴らし、一物をしゃぶる音とともに、彼女の股間からもピチャクチャと淫らに湿った音が聞こえてきた。

菜美はいつしか眠りに就《つ》いたようで、何が起きているかも知らず規則正しい寝息を立てていた。

主水も姫香の強烈な口淫に再び絶頂を迫らせ、隣で寝ている菜美の顔を引き寄せ、口呼吸している唇に鼻を押し込み、濃厚に甘酸っぱい吐息を嗅ぎながら昇り詰めてしまった。

「く……」

快感に貫かれて呻くと同時に、ありったけの精汁がドクドクと勢いよくほとばしって姫香の喉の奥を直撃した。

「ク……」

噴出を受けて呻きながら、姫香も気を遣《や》ったようにヒクヒクと小刻みな痙攣《けいれん》を開始した。

しかも強く吸い付くものだから、主水はまるでふぐりから精汁を直《じか》に吸い出されているような激しい快感に見舞われた。

「ああ、なんて気持ちいい……」

彼は抱き寄せていた菜美を引き離し、仰向けのままガクガクと身を震わせ、魂《たましい》まで吸い取られる心地で最後の一滴まで出し尽くしていった。

ようやく姫香も動きを止め、貪るように喉を鳴らして飲み込んでから、スポンと口を離した。そして丁寧に鈴口を舐め回され、

「あう……。も、もういい……」

主水はクネクネと腰をよじらせ、過敏に幹を震わせながら呻いた。

姫香も舌を引っ込めて身を起こし、こぼさぬよう股の下に置いた小皿を手にすると、さらに唾液もクチュッと垂らして秘薬を完成させた。

それを徳利に移し、紙で蓋《ふた》をして糸で縛った。

「これでいいわ。明日にも登城して飲ませればすぐにも効き目が」

「い、一度きりで良いのか……」

姫香が言い、主水は快感の過ぎた脱力感に身を投げ出し、余韻を味わいながら訊いた。

「ええ、大丈夫。淫気が増すだけでなく、体も丈夫になるので」

「そうか、有難い……」

主水が言うと、姫香は虎縞《とらじま》の裾《すそ》を直し、徳利を置いて姿を消した。

すると間もなく菜美が目を覚まし、ノロノロと身を起こした。

「私、眠ってしまったのですね。申し訳ありません……」

「いいよ、とても役に立った」

恐縮して言う彼女に答え、二人は手早く身繕《みづくろ》いをした。

菜美も、彼と情交した記憶はあるようだが、あまりに心地よい余韻に、一切の後悔もなく晴れやかな顔つきをしており、主水は安心したものだった。

「では、このことは誰にも言わぬように」

「はい、分かりました」

「義母上には、薬草を分ける手伝いをさせられたと言うと良い。それから嫁いだとき、あまりに心地よくても初めてのふりをするのだよ」

「ええ、大丈夫です」

言うと菜美は笑みを含んで答えた。可憐な娘だが、やはりどこか女というものは、こちらが思う以上に強《したた》かなものなのかも知れない。

やがて髪を整えた菜美は、辞儀をして母屋へと戻り、雪絵とともに夕餉の仕度にかかったようだ。

主水は日が傾くまで、主膳の遺したものを読み耽《ふけ》って知識を蓄えた。他にも興味のある書物が多く、しばらくはここで寝起きしようと思った。

主膳の死は突然だったらしく、恐らく毒の調合をしているとき急死したものと言われていた。

日が落ちる頃、主水は母屋に呼ばれて夕餉を取り、また離れへ戻ってきた。

行燈《あんどん》に灯を入れ、もう少しだけ書物に目を通していたが、明日はまた登城なのでそろそろ寝ようと寝巻に着替えた。

するとそこへ、やはり寝巻姿の雪絵が入ってきたのである。

どうやら菜美も、もう自室で休んだらしい。

「精が出ますね。旦那様《だんな》も、ここで過ごす方が多かったです」

雪絵が言い、敷かれている床に座した。もちろん入ってきたときから熱い淫気が感じられ、主水も激しく勃起してきた。

やはり日に何度精を放とうとも、鬼の力でいくらでも出来るようになっているのである。

「構いませんか」

雪絵が言ってにじり寄ってきたので、

「ええ、もちろん」

主水も答え、着たばかりの寝巻を脱ぎ去ると、彼女も手早く全裸になった。

布団にもつれ合うと、雪絵の方が上になり、貪るように激しく唇を重ね、舌をからめてきた。

どうやら一度目より、期待が大きいぶん二度目の方が燃え上がるようである。

「ンン……」

雪絵は熱く鼻を鳴らし、執拗《しつよう》に舌を蠢かせては彼の肌をまさぐった。

主水も美しい後家《ごけ》の熱い息と生温かな唾液を吸収し、乳房を探りながら興奮を高めていった。

昼間は可憐な生娘を堪能し、夜は熟れた義母を相手に出来るのだから、全ては養子に入れたこと、そして姫香との出会いが幸運の切っ掛けだったのだろう。

ようやく唇が離れると、雪絵は彼の耳を嚙み、首筋を舐め降りて乳首に吸い付いてきた。

「あう……」

主水は快感に呻き、彼女の勢いに圧倒されながら受け身一辺倒になった。

雪絵は熱い息で肌をくすぐりながら左右の乳首を舐め、ときに軽く歯を立ててから肌を舐め降り、大股開きにさせて股間に腹這いになった。

「嬉《うれ》しい、こんなに勃《た》って……」

彼女は一物に熱い視線を注いで言い、胸を突き出して豊かな乳房を幹に擦りつけてきた。

コリコリと硬くなった乳首を押しつけ、あるいは谷間に挟んで揉《も》んでくれた。

「ああ、気持ちいい……」

主水は肌の温もりと、柔らかな膨らみの谷間で幹を震わせながら喘いだ。

そして雪絵は乳房での愛撫を終えると、彼の両脚を浮かせて尻の谷間に舌を這わせてくれたのだ。

どうも、自分がされたいことをひとしきり自分がしているようである。

「く……」

チロチロと蠢いていた舌先がヌルッと潜り込むと、彼は熱く呻きながら、モグモグと肛門で義母の舌を締め付けた。

雪絵も熱い鼻息でふぐりをくすぐりながら内部で舌を蠢かせ、ようやく脚を下ろしてふぐりにしゃぶり付いて睾丸を転がした。

そして身を乗り出して肉棒の裏側を舐め上げ、先端にしゃぶり付いてからスッポリと喉の奥まで呑み込んでいった。

「アア……」

主水は喘ぎ、生温かく濡れて快適な美女の口腔でヒクヒクと幹を震わせた。

雪絵も深々と頬張って吸い付き、熱い息を股間に籠もらせながらクチュクチュと舌をからめてきた。

「ど、どうか私の顔に跨がって下さいませ……」

主水が身悶《みもだ》えて言い、雪絵の下半身を引き寄せると、彼女もしゃぶり付いたまま身を反転させ、そろそろと彼の顔に跨がってきた。

そのとき足首を握り、爪先の間に鼻を擦りつけて嗅ぐと、蒸れた匂いが濃く沁み付いて鼻腔を刺激してきた。やがて足指をしゃぶって下ろし、顔を跨がせると、雪絵も女上位の二つ巴《ふたどもえ》になり、彼の顔に股間を迫らせた。

下から両手で豊満な腰を抱え、潜り込むようにして茂みに鼻を擦りつけると、今日も生ぬるく蒸れた汗とゆばりの匂いが馥郁と籠もり、悩ましく鼻腔を掻き回した。そして濡れはじめている陰戸に舌を這わせ、淡い酸味のヌメリをすってからオサネに吸い付いていった。

四

「ンンッ……！」

含んだまま雪絵が熱く呻き、鼻息でふぐりをくすぐってきた。

主水はチロチロとオサネを舐め、増してくる潤いにも舌を這わせていった。

互いに最も感じる部分を舐め合い、ズンズンと股間を突き上げると、雪絵も顔を小刻みに上下させ、濡れた口でスポスポと強烈な摩擦を繰り返してくれた。

さらに彼は伸び上がり、白く豊満な尻の谷間に鼻を埋め、薄桃色の蕾に籠もる秘めやかな匂いを貪って鼻腔を満たした。

舌を這わせ、ヌルッと潜り込ませて滑らかな粘膜を探ると、

「アアッ……！　も、主水殿……」

雪絵が亀頭から口を離して喘ぎ、キュッときつく肛門で舌先を締め付けた。

「も、もういい。入れたいわ……」

彼女が言って股間を引き離し、向き直るなり自分から跨がってきた。

先端に割れ目を押しつけ、ゆっくり腰を沈めながら受け入れていくと、彼自身はヌルヌルッと滑らかに根元まで呑み込まれていった。

「アア……、いい……！」

完全に股間を密着させると、雪絵は顔を仰《の》け反《ぞ》らせて喘ぎ、味わうようにキュッキュッと締め上げてきた。

主水も肉襞の摩擦と温もり、締め付けと潤いを味わい、両手を伸ばして彼女を抱き寄せていった。

雪絵が身を重ねてくると、彼は両膝を立てて豊満な尻を支え、潜り込むようにして乳首に吸い付いた。

硬くなった乳首を舌で転がすと、

「ああ、いい気持ち……」

雪絵が喘ぎ、彼の顔中に豊かな膨らみを押しつけてきた。

主水も心地よい窒息感に噎《む》せ返りながら、両の乳首を交互に含んで舐め回し、生ぬるい体臭に包まれた。

さらに雪絵の腋の下にも鼻を埋め込み、柔らかな腋毛に沁み付いた甘ったるい汗の匂いを貪ると、待ち切れないように彼女が徐々に腰を遣いはじめた。

彼も股間を突き上げると、たちまち互いの動きが一致し、溢れる淫水でクチュクチュと滑らかに律動した。

主水は快感を高めながら雪絵の顔を引き寄せ、喘ぐ口に鼻を押しつけて熱い吐息を嗅いだ。今日も湿り気ある白粉《おしろい》臭で悩ましく鼻腔を刺激され、絶頂が迫ってきた。

雪絵も厭《いと》わず甘い息を惜しみなく吐きかけてくれ、果ては興奮に任せ彼の鼻にしゃぶり付いてくれた。

「ああ、いきそう……」

主水は美女の唾液のヌメリと息の匂いに高まり、さらに雪絵の口に顔中を擦りつけ唾液でヌルヌルにまみれさせてもらった。

「唾を下さい……」

囁くと、雪絵も喘いで渇き気味の口中に懸命に唾液を溜め、口移しにトロトロと注ぎ込んでくれた。彼は生温かく小泡の多い唾液を味わい、うっとりと喉を潤した。

「い、いく……！」

たちまち雪絵が口走り、膣内の収縮を活発にさせた。

「ああ、気持ちいい……！」

もう堪《たま》らず、主水も激しく昇り詰めて口走り、ありったけの熱い精汁をドクンドクンと勢いよくほとばしらせると、

「か、感じる、すごい……。アアーッ……！」

噴出を受けた彼女が声を上ずらせ、ガクガクと狂おしく全身を痙攣させて気を遣ってしまった。彼も激しく射精しながら、溶けてしまいそうに大きな快感を噛み締め、心置きなく最後の一滴まで出し尽くしていった。

主水がすっかり満足して突き上げを弱め、力を抜いていくと、

「ああ……」

雪絵も声を洩らして熟れ肌の強ばりを解き、遠慮なくグッタリと彼に身体を預けてきた。

まだ膣内はキュッキュッと名残惜《なごりお》しげな収縮を繰り返し、射精直後で過敏になった肉棒が刺激され、彼自身は内部でヒクヒクと跳ね上がった。

「あう……、もう堪忍《かんにん》……」

雪絵も敏感になって呻き、幹の震えを抑えるようにキュッときつく締め上げてきた。

主水は義母の温もりと重みを受け止め、甘くかぐわしい吐息を胸いっぱいに嗅ぎながら、うっとりと快感の余韻を味わったのだった……。

五

「なに、もう秘薬が出来たのか……」

翌朝、主水が和合水の徳利を持って登城すると、宗庵が目を丸くして言った。

「はい、すぐにも殿にお飲み頂きたいのですが」

「うん、今日はことのほかお体が優れず、殿は臥《ふ》せっておられるので良い折かも知れぬ。ただ口うるさい側近がいるので、まずそなたが毒見をな」

「承知しました」

「大目付《おおめつけ》の娘、殿の警護で剣術指南の結城《ゆうき》綾乃《あやの》、知っておろう」

宗庵が言う。

確かに、美女だが大柄で剣一筋に生きてきた二十五歳の綾乃のことは、主水も知っていた。武芸の苦手な主水は、稽古《けいこ》をつけてもらったことはないが、その荒っぽさに細腕の若い藩士たちは彼女を敬遠しているという。

「はい、存じております」

「ああ、では奥へと参ろうか」

言われて主水は宗庵とともに、正隆の寝所へと向かった。

そして宗庵が取り次いでくれ、さらに奥へ行くと、綾乃が待っていた。

眉が吊るほど後ろで髪を引っ詰め、凛《りん》とした目の鋭い男装の大女だが、顔立ちは実に整っている。

「こたび膳奉行を拝命致しました、阿部主水にございます」

「私よりお若い。宗庵殿から伺《うかが》いました。では中に」

辞儀をして言うと、綾乃は彼を見据えて答えた。本来の彼女は、剣の弱そうな男には蔑《さげす》みの眼差《まなざ》しを向けるものだが、さすがに武芸者の勘か、主水の宿す鬼の力でも見抜いたように、あるいは膳奉行の地位に敬意を表すように慇懃《いんぎん》な態度は崩さなかった。

そこで宗庵は下がり、主水は綾乃とともに寝所に入った。

「殿、膳奉行の阿部様が、お薬を持ってお越しでございます」

綾乃が言うと、横になっていた正隆が寝巻姿でようよう顔を上げた。

「おお、主水と申したな。宗庵の薬は効かぬ」

正隆が青い顔で身を起こそうとするので、それを綾乃が助け起こした。

そして彼女は傍《かたわ》らの三方《さんぽう》にある盃《さかずき》を二つ手にし、主水は徳利の糸を解いて紙の蓋を開けた。

「まずは毒見を」

綾乃に言われ、主水は二つの盃に徳利の中身を注いだ。トロリとした和合水はうっすらと桃色がかっている。

「では、まず私が」

主水は言って盃の一つを取り、一口飲んだ。味も匂いも特になく、心地よい喉ごしだった。

「余りを私にも」

綾乃が言い、主水の飲みかけを手にして一息に飲み干した。

座してしばし待ったが、大丈夫と見て綾乃が三方を押しやり、残る盃を手に正隆の傍らへ行った。

正隆も盃を手にし、綾乃に支えられながら一気に全て飲み干してくれた。

まさか、主水の精汁が混じっているなどと言ったら、綾乃は激昂《げっこう》するかも知れない。

「ふむ、胃の腑《ふ》に心地よく沁み込むようだ」

正隆が盃を返して言うなり、さすがに鬼の力、みるみる彼の顔色が良くなってきたではないか。

「何やら身の内に力が漲《みなぎ》ってくるようだぞ」

「殿、お顔に血の気が戻っております……」

綾乃も驚いて言った。

「さすがに阿部家を継ぐだけのことはある。主水、これからも頼む」

「は……」

あまりに早い効果に、主水も驚きながら平伏して答えた。

「綾乃、すぐにも小夜《さよ》を呼べ」

正隆が言う。小夜とは、まだ二十歳《はたち》前の、娶《めと》ったばかりの正室である。

「しょ、承知致しました。では私どもはこれにて」

綾乃が答え、主水も空の徳利を懐中に入れ、彼女とともに寝所を辞した。

並んで歩くと、綾乃の身の丈は主水より目一つ高く、五尺五寸（一六六センチ強）はありそうだった。

「あれは、強い媚薬《びやく》ですか」

飲んだ綾乃も、廊下を進みながら頰を上気させて訊いた。

「いいえ、単なる媚薬ではなく、体内の全ての力を増大させるものです」

「一体どのような薬草が」

「それは当家の秘伝なればご容赦《ようしゃ》を。何の障《さわ》りもありませんので」

「とにかく、殿からお求めになるなど初めて。しかも、まだ昼前なのに……」

綾乃は息を弾ませて言い、やがて主水を待たせ、正室の小夜の奥向きへ入って言付《ことづ》けた。

間もなく、急いで仕度を調《ととの》えた小夜が、国許から同行している乳母《うば》の老女とともに正隆の寝所へと向かった。

綾乃も戻り、主水に囁いた。

「我らも、最後まで見聞しなければなりません」

「承知しました」

彼も答え、再び寝所へと戻り、次の間から細く襖《ふすま》を開けて中の様子を覗いた。

お付きの老女も、事後の始末や小夜の介抱のため、反対側の部屋に控えているようだ。

正隆はすぐにも寝巻を脱ぎ去り、激しく勃起した一物が見えると、主水に寄り添う綾乃がビクリと身じろいだ。

そして正隆は、神妙に横たわった小夜の帯を解いて前を開き、乳房に顔を埋め込んでいった。

「と、殿が、あのように雄々《おお》しくなるなど初めて。今まで一度も、小夜様と最後までしたことがなかったのに……」

一緒に覗きながら、綾乃が熱く囁いた。

どうやら正隆も小夜も、まだ互いに無垢なままらしい。

主水が屈み込むようにして襖の隙間から覗いているので、その背に覆《おお》いかぶさるように綾乃も見ているから、彼女の胸が主水の背に密着し、囁かれるたび、肩越しに湿り気ある息が花粉のように甘く匂った。

「く……」

愛撫を受けながら小夜がか細く呻いた。さすがに大きな声は洩らさないが、いつにない正隆の激しさに戸惑っているようだ。

しかも正隆は、小夜の両の乳首を味わってから白い肌を舐め降り、股間に顔を埋め込んでしまったのである。

「あ、あのような……」

覗いている綾乃が、驚きに背後から主水にしがみつきながら言った。

「獣じみたこと、お止めした方が良いのでしょうか……」

「いいえ、淫気に包まれれば誰でもすることですので、このままに」

「だ、誰でも……？」

綾乃が、熱い息で彼のうなじをくすぐりながら囁いた。

「そなたはしたことが」

「いいえ、私はまだ無垢ですが、相手がいれば是非にもしたいと思うことです」

主水は無垢なふりをしながら答えた。

すると、さらに綾乃は熱くかぐわしい息を弾ませ、背後からピッタリと密着してきた。

背に、さして豊かではない乳房が押しつけられ、負ぶさるような体勢のため、彼の腰に綾乃の股間が密着して無意識に擦りついて、コリコリする恥骨の膨らみまで伝わってきた。

「あう……。と、殿……」

陰戸を舐められ、小夜が嫌々をしながらか細く呻いた。

「い、一体、どのような心地が……」

覗きながら綾乃が火のように熱い呼吸を繰り返し、相当に淫気を高めてしまったようだ。

小夜も恐らく、力を宿した正隆の唾液を陰戸から吸収し、嫌ではなく快楽が芽生えはじめてきたはずである。

正隆も小夜の股間に息を籠もらせて熱心に舐め回していたが、ようやく身を起こし、本手（正常位）で股間を進めていった。そして先端をあてがい、ゆっくり挿入していったようだ。

「ようやく、無事に交接を……」

綾乃が感動を込めて呟き、主水も中の様子より綾乃の温もりと吐息に激しく勃起していた。

「おお、何と心地よい。これが情交するということか……」

初めて遂げた正隆も、感無量の様子で声を洩らし、小刻みに腰を突き動かしはじめた。動きに合わせてクチュクチュと湿った摩擦音も聞こえてきたので、小夜も充分に濡れているようだ。

やがて動きが速まってゆき、小夜も下から両手でしがみつきながら、懸命に喘ぎを堪えているようだ。

「アアッ……」

すると正隆が声を洩らし、全身を硬直させて腰を速めた。

どうやら精を放つことが出来たらしい。

「さあ、見届けたので、我らは退散致しましょう」

綾乃が囁き、細く開いていた襖を静かに閉めてその場を離れた。あとの始末は、反対側の部屋で待機する老女に任せるのだろう。

「少しお話ししたい。どうか、私の部屋へ」

綾乃が言い、主水も勃起を抑えながら彼女の部屋まで案内された。

彼女は正隆の警護の役のため、城内に寝起きする部屋が与えられている。

差し向かいに座したが、綾乃はいつまでも動悸《どうき》と息遣いが治まらないようだ。

「あまりの効き目に驚いております」

「ええ、私も嬉しいです」

「殿があれほど激しくなるなど、信じられません。今まで、あのようなことはただの一度も……」

綾乃が言う。今まで何度も見聞してきたが、途中で正隆が止《や》めてしまうのを、いつも残念そうに見てきただけなのだろう。

「綾乃様ご自身は、情交したことは？」

主水は、思いきって訊いてみた。淫気に満たされた今の状態なら、何を言っても怒るようなことはないだろう。

「一度だけ。でも今までの殿のように、途中で止めてしまいました」

するとと綾乃は、自分から語りはじめてくれた。

二十歳少し過ぎた頃、剣一筋の綾乃を心配し、大目付の父親が家老の息子の許婚《いいなずけ》にしてくれたらしい。

それで綾乃は、持ち前の好奇心と積極さで、こっそり許婚と情交を試してみたようだ。

しかし彼は、大柄な綾乃に恐れをなしたように萎えたままで、結局未遂に終わり、何とつまらぬ男と思い、父親を通じて婚儀を取りやめにしてもらったらしい。

その一度の体験の折は暗い部屋で、ろくに一物など見ていなかったようで、もちろん相手も陰戸を舐めるどころか、僅かに乳房に触れたのみで懸命に挿入を試み、結局駄目だったようだ。

綾乃は、家老の奥方の地位を棒に振り、今まで以上に剣技に勤《いそ》しんできたようだった。

そして正隆の警護役に抜擢《ばってき》されて以来、もう男になど目もくれないようになっていたらしい。また強くて大柄な彼女を嫁に欲しいと言ってくるものも皆無だったようだ。

「でも、筆の柄を入れてみたことはあります。しているうち心地よくなり、慣れてくると二本、今では三本をまとめて入れて自分を慰めております」

綾乃が正直に言った。

「そうですか。では決して男嫌いというわけではないのですね」

「もちろん。いま私は、自分でするとき以上にときめいております。主水殿の薬のせいでしょうか。もし嫌でなければ、先ほどの殿のようなこと、私にして頂けませんか」

綾乃は、薬効というばかりでなく、生来の度胸で、自身の欲求には正直に口にしてきた。

「ええ、嫌ではありません。私も毒見の効き目が現れていますので」

「では」

言うと綾乃は目を輝かせ、すぐにも床を敷き延べ、脇差を置いて袴を脱ぎはじめたではないか。

「さあ、脱いで下さいませ。ここへは誰も来ません」

綾乃が脱ぎながら言い、主水も脇差を置くと、手早く裃と袴を脱ぎ去り、着物と襦袢、下帯まで取り去り全裸になった。

先に布団に横になって待つと、たちまち綾乃も生ぬるく甘ったるい匂いを漂わせ、一糸まとわぬ姿になって迫ってきた。

「ああ、こんなにも雄々しく勃って……。私が恐ろしくないのですね」

屹立《きつりつ》した一物を見ると、綾乃が嬉しげに言って顔を寄せてきた。

「まず、私の好きにして構いませんか」

「ええ、どうぞ、何でもご存分に」

膳奉行より遥《はる》かに上位の綾乃に言われ、主水は気後《きおく》れすることなく一物を晒《さら》して答えた。

するとと綾乃も、そろそろと肉棒に触れてきたのである。

第三章　女武芸者の熱き好奇心

一

「ああ、硬いが柔らかくて温かい。やはり筆とは違う……」

綾乃が、主水の一物《いちもつ》に触れながら言った。さらにふぐりに触れ、二つの睾丸《こうがん》をコリコリと確認した。

「なるほど、これが急所の金的か。前に稽古《けいこ》のとき勢い余り、ともに倒れたらここに膝頭《ひざがしら》が食い込み、たいそう苦しがっていた」

綾乃が言いながら袋を弄《もてあそ》び、再び肉棒を握ってきた。

「先っぽが濡れているが、これは精汁か」

「精汁は白いもので、気を遣《や》ると同時に勢いよく飛びます。それはまだ淫気を高めたときに出る先走りの汁で、感じた陰戸《ほと》が濡れるのと同じものです」

言うと、綾乃は指の腹で鈴口《すずぐち》を擦《こす》り、ヌラヌラと感触を確かめた。

「舐めてみて下さい」

「なに、ゆばりを放つところを舐めろと……?」

仰向けのままませがむと、綾乃が眉を吊り上げて言った。

「あとで私も陰戸をお舐めするのですから」

「ああ、確かに、考えてみれば嫌ではないし、秘め事とはそういうものなのかも」

彼が言うと、綾乃も納得したように答えた。

そして、あとで自分も舐めてもらえる期待に、そっと舌を伸ばして迫り、濡れた先端をチロリと舐めてくれた。

「あう、気持ちいい……」

あえて声を洩らすと、綾乃も嬉《うれ》しいようにチロチロと舌を這わせてきた。

許婚《いいなずけ》との情交の真似事も未遂だったし、口吸いもしていないのだから、筆の柄を入れた以外全て無垢《むく》なのだ。その綾乃に舐められ、主水は激しく興奮を高めてヒクヒクと幹を震わせた。

「口の中に深く入れて。歯を当てないように」

さらに図々しく言うと、綾乃も丸く開いた口に含んでくれた。

まあ仮に嚙まれたにしても、鬼の力で何ともないことも分かっていた。

「ンン……」

綾乃は熱く鼻を鳴らし、モグモグとたぐるように喉の奥まで深々と呑み込んでいった。幹を丸く締め付けて強く吸い、もうためらうことなく口の中では舌を蠢《うごめ》かせてきた。

「ああ、いきそう……」

急激に高まった彼が、生温かな唾液にまみれた肉棒を震わせて言うと、綾乃もスポンと口を引き離した。

「ああ、嫌ではなかった。でも私が一物をしゃぶるなど……」

綾乃も、自分の異常な高まりに戸惑いながら顔を上げて言った。

主水は身を起こし、入れ替わりに彼女を仰向けにさせて、引き締まった逞《たくま》しい肢体を見下ろした。

さすがに肩と腕の筋肉が発達し、乳房は豊かではないが形良く張りがありそうだった。腹は筋肉が段々に浮かび、太腿も荒縄でもよじり合わせたように太く頑丈そうだ。

主水は屈《かが》み込み、初々《ういうい》しい桜色の乳首にチュッと吸い付いていった。

「あう……」

綾乃がビクリと反応して呻《うめ》き、甘ったるい汗の匂いを揺らめかせた。

コリコリと硬くなった乳首を舌で転がし、左右とも交互に含んで念入りに舐め回すうち、綾乃はじっとしていられないように、次第にクネクネと身悶《みもだ》えはじめていた。

両の乳首を味わい尽くすと、彼は綾乃の腕を差し上げ、腋毛《わきげ》に鼻を擦りつけ、生ぬるく湿って甘ったるい汗の匂いを貪《むさぼ》った。

今日も彼女は、朝の稽古を欠かさず警護の任に就《つ》いたのだろう。

主水は濃厚な体臭で胸を満たしてから、引き締まった肌を舐め降りていった。脇腹から筋肉の浮かぶ腹の真ん中に行き、臍《へそ》を探り、張り詰めた下腹に顔を埋《うず》めて弾力を味わってから、腰から脚を舐め降りた。

脛《すね》にもまばらな体毛があり、野趣溢《あふ》れる魅力が感じられた。

足首まで行って足裏に回り、舌を這わせて太くしっかりした指の間に鼻を押しつけると、やはり汗と脂《あぶら》に生ぬるく湿り、ムレムレになった濃い匂いが沁み付いていた。

彼が匂いを貪ってから、爪先にしゃぶり付いて指の股に舌を割り込ませると、

「く……、何を……！」

綾乃が驚いて咎《とが》めるような声を洩らしたが、体は拒《こば》んでいなかった。

主水は両足とも、味と匂いが薄れるほど全ての指の間を貪った。

そして大股開きにさせ、脚の内側を舐め上げ、硬いほど張り詰めた内腿をたどって股間に迫っていった。

見ると、股間の丘には黒々と艶《つや》のある恥毛が情熱的に濃く茂り、熱気と湿り気が馥郁《ふくいく》と籠もっていた。

割れ目からはみ出す花びらはヌラヌラと大量の蜜汁に濡れ、指で広げると、襞の入り組む膣口が息づき、何と親指の先ほどもある大きなオサネが光沢を放って、ツンと突き立っていた。

この大きなオサネが、彼女の力の源のような印象を受けた。

堪《たま》らずに顔を埋め込み、茂みに鼻を擦りつけて嗅《か》ぐと、蒸《む》れた汗とゆばりの匂いが濃厚に沁み付いて鼻腔《びこう》を刺激してきた。

胸を満たしながら舌を挿《さ》し入れると、淡い酸味のヌメリが迎え、彼は膣口をクチュクチュ掻き回し、オサネまで舐め上げていった。

「アア……。い、いい気持ち……」

綾乃がビクッと身を反らせて熱く喘《あえ》ぎ、内腿でムッチリときつく彼の両頬を挟み付けてきた。

主水は、藩士の誰もが恐れる女丈夫《じよじようふ》の味と匂いを堪能し、さらに彼女の両脚を浮かせて尻の谷間に迫った。桃色の蕾《つぼみ》は、年中稽古で力んでいるせいなのか、僅《わず》かに突き出た艶《なま》めかしい形をし、鼻を埋めて嗅ぐと生々しく秘めやかな蒸れた匂いが鼻腔を刺激してきた。

充分に嗅いでから舌先で探り、ヌルッと潜り込ませて粘膜を味わうと、

「あう……、駄目……」

綾乃が女らしい声で呻き、キュッと肛門で舌先を締め付けてきた。

主水は舌を蠢かせ、やがて前も後ろも味わうと、いつしか綾乃は朦朧《もうろう》となり、ヒクヒクと肌を震わせて喘ぐばかりになっていた。

「い、入れて……」

やがて息も絶えだえになった綾乃が、声を絞り出してせがむと、主水も舌を引っ込めて顔を上げた。

「綾乃様が上になりますか？」

「こ、このまま入れて……」

主水が訊《き》くと、綾乃は仰向けで股を開いたまま答えた。

本当は逞しく美しい彼女に組み伏せられたかったのだが、仕方なく主水は股間を進め、先端を濡れた陰戸に擦りつけて位置を定めた。

「アア……」

いよいよだと思うと、綾乃は喘ぎ声を震わせた。

そのまま彼がゆっくり挿入していくと、大量のヌメリで一物はヌルヌルッと滑《なめ》らかに根元まで吸い込まれていった。

「あう……、すごい……！」

股間が密着すると、綾乃がキュッと締め付けながら呻いた。

もちろん無垢とはいえ、筆の柄を三本入れて自分を慰めているのだから、破瓜《はか》の痛みより快感の方が大きいだろう。

主水もきつい締め付けと熱い温もりに包まれながら、両脚を伸ばして身を重ねていった。

すると綾乃が両手できつく抱き留め、彼の胸の下で乳房が押しつぶれて心地よく弾んだ。動かなくても、膣内はキュッキュッと味わうような収縮が繰り返されている。

彼は上からピッタリと唇を重ね、舌を挿し入れて頑丈な歯並びを舐めた。

綾乃も歯を開いて受け入れ、ネットリと舌をからめてきた。

主水は美女の蠢く舌のヌメリを味わい、様子を見ながら徐々に腰を突き動かしていった。

「アア……、気持ちいい。もっと強く奥まで……！」

すると綾乃が口を離してせがみ、下からもズンズンと股間を突き上げてきた。

主水も合わせて腰を遣《つか》いながら肉襞の摩擦を味わい、彼女の吐き出す花粉臭の甘く濃厚な吐息を嗅いで高まった。

「い、いきそう……」

綾乃が収縮を強めて言うと、先に主水の方が昇り詰めてしまった。

「く……！」

突き上がる快感に呻き、熱い大量の精汁をドクンドクンと勢いよくほとばしらせると、

「あ、熱い、もっと……。アアーッ……！」

噴出を感じた綾乃が声を上げ、ガクガクと狂おしく腰を跳ね上げて気を遣って

しまった。

やはり筆の柄は射精しないから、奥深くを直撃される初めての感覚で昇り詰めたのだろう。主水は快感を嚙み締め、股間をぶつけるように動きながら、最後の一滴まで出し尽くしていった。

満足しながら動きを弱めていくと、

「アア……。殿がしたのと同じ日に、こんなに気持ち良くなるなんて……」

綾乃も硬直を解いて喘ぎ、なおも収縮させながら幹を刺激した。

主水は頑丈な彼女に遠慮なくのしかかり、熱く甘い吐息を嗅ぎながら、うっとりと快感の余韻に浸り込んでいったのだった。

二

「これが、精汁の匂い……」

主水が一物を引き離して仰向けになると、綾乃はまだ呼吸も整わぬうち身を起こし、彼の股間に屈み込んできた。

そして淫水と精汁にまみれた先端に鼻を寄せて嗅ぎ、幹をニギニギしながら、鈴口から滲《にじ》む余りの雫《しずく》までヌラリと舐め取った。

「ああ、生きた子種が……」

綾乃は熱く囁《ささや》き、なおもヌラヌラと先端を舐め、湿った亀頭を含んで吸った。

「ああ……」

主水も快感に喘いだ。すでに過敏な時期は過ぎ、すぐにも新たな淫気が湧き上がり、彼女の口の中でムクムクと最大限に勃起していった。

「嬉しい。また入れたい……」

顔を上げて、綾乃が熱い眼差《まなざ》しで言う。すっかり満足したはずなのに、やはり鬼の力を含んだ彼の体液や和合水を吸収しているから、無《む》尽蔵《じんぞう》に欲求が湧いてくるようだった。

「では、今度は跨いで綾乃様が上から入れて下さいませ」

言うと彼女もすぐに身を起こし、前進して主水の股間に跨がってきた。

幹に指を添えて割れ目を先端に押しつけ、自ら位置を定めると息を詰めてゆっくり腰を沈み込ませていった。

再び彼自身は、ヌルヌルッと滑らかに根元まで呑み込まれた。

「アア……、奥まで感じる……」

ピッタリと股間を密着させて座り込み、綾乃が顔を仰《の》け反《ぞ》らせて喘いだ。

主水も締まりが良く温かく快適な膣内に納まり、股間に美女の重みを感じながら快感を味わった。

綾乃は目を閉じ、グリグリと股間を擦りつけてから身を重ねてきた。

彼も下から両手で抱き留め、膝を立てて尻を支えた。さすがに大柄なので、まるで巨大な女郎蜘蛛《じょろうぐも》にでも組み伏せられているようだ。

すぐにも彼女は腰を遣いはじめ、何とも心地よい摩擦を繰り返しはじめた。

新たな淫水が溢れて動きが滑らかになり、ピチャクチャと淫らに湿った音も聞こえてきた。

「ああ……、すぐいきそう……」

綾乃が熱く喘ぎ、上から唇を重ねて舌を潜り込ませた。

主水も滑らかに蠢く舌を舐め回し、生温かな唾液をすすった。

膣内の収縮が高まってくると、

「アア……、何と心地よい……」

綾乃が唾液の糸を引いて口を離し、彼は甘い花粉臭の吐息に鼻腔を刺激されて酔いしれた。

「顔に強く唾《つば》を吐きかけて下さい」

「そのようなこと、初めての男に……」

「されると嬉しいので、もっと硬くなります」

せがむと、綾乃は少しためらいながらも高まりに乗じ、唾液を唇に溜めてくれた。そして息を吸い込んで止め、口を寄せると思い切りペッと吐きかけてくれたのだ。

「ああ……」

主水はかぐわしい吐息を顔中に受け、生温かな唾液の固まりで鼻筋を濡らされて喘いだ。さすがに彼女も遠慮なく、思い切り良くしてくれるのが嬉しく、頬の丸みを唾液がトロリと伝い流れた。

「ああ、こんなことするなど……」

綾乃は熱く息を弾ませながら言い、確かに硬度を増した一物に感じながら収縮を強めていった。

彼は綾乃の口に鼻を押し込み、唾液と吐息の匂いに鼻腔を刺激されながらズンズンと股間を突き上げ続けると、

「い、いく、気持ちいい……。アアーッ……！」

たちまち彼女が声を上ずらせ、ガクガクと狂おしい痙攣《けいれん》を開始した。

綾乃が激しく気を遣ると、大きな快感が伝わったように続いて主水も昇り詰めてしまった。

「く……！」

呻き、ありったけの熱い精汁をドクンドクンと勢いよくほとばしらせると、

「あう、すごい……！」

噴出を感じ、綾乃が駄目押しの快感に呻いてキュッと締め上げた。

主水は心ゆくまで快感を味わい、最後の一滴まで出し尽くすと、うっとりと力を抜いて突き上げを弱めていった。

「アア……」

綾乃も満足げに声を洩らし、グッタリともたれかかっていた。

まだ膣内は貪欲《どんよく》に精汁を飲み込むように収縮が繰り返され、刺激された一物がヒクヒクと過敏に跳ね上がった。

「あう、もう堪忍《かんにん》……」

綾乃も敏感に反応して呻き、主水は熱くかぐわしい吐息を嗅ぎながら、心地よい余韻に浸り込んでいった。

「もう病みつきになりそう……」

綾乃は荒い息遣いで呟《つぶや》き、遠慮なく身体を預けたまま、いつまでもヒクヒクと肌を震わせていたのだった。

三

「おお、殿がすっかり回復なされたぞ」

下城する主水が、綾乃に見送られて一緒に外に出ると、そこへ宗庵が追ってきていった。

「無事に情交を終え、湯浴《ゆあ》みしたあとはすぐにも着替えて元気よくお勤めに戻られたのだ。何という秘薬の効き目。今まで、儂《わし》がいくら調合しても強精の役には立たなかったのに」

「そうですか。それは良かったです」

主水は答え、興奮気味の宗庵と、満足げな綾乃と三人で歩いて行くと、庭で藩士たちが剣術の稽古をしていた。

刺し子《さこ》の稽古着に、袋竹刀《ふくろしない》という、ササラになった竹を革袋で包んだもので叩き合うものだ。

「おお、綾乃様。たまには稽古をつけて下さいませ。警護の役目もお忙しいでしょうが、この連中では物足りません」

言ったのは、筋骨逞しい男で、綾乃に次ぐ剣技の実力者、真鍋作之進《さくのしん》だ。

そう、御台所頭、真鍋作太郎の次男である。

作之進は二十二歳。父親の手伝いはしているものの、武士が調理するなど恥と思い、剣技のみ磨いてきた。

藩校の道場でも、主水は常に苛《いじ》められていたものだ。

作之進の周囲では、息を切らした藩士たちがへたり込んでいた。

するとそのとき、主水の耳に姫香の声が聞こえてきたのだ。

(前の膳奉行を殺したのは、この男)

(なに？)

言われて、主水は驚いて答えた。

すると姫香は、一瞬にして作之進の記憶を再現し、主水の頭に送り込んでくれたのだ。

夜半、作之進は阿部家の離れへ忍び込み、寝ている主膳の顔に濡れ紙を押しつけ、苦悶する彼を抑えつけて窒息死させたのだった。

そのとき姫香は鬼仏堂にいて知らず、いま作之進を見て分かったらしい。

どうやら作之進による主膳殺しは、父親作太郎の言いつけだったようだ。

子のいない主膳に、作太郎は次男の作之進を養子にと持ちかけたが、すでに主膳は主水を心に決めていたので断った。

それに作太郎は怒り、さらに膳奉行の地位も手に入れようと、作之進に殺しを唆《そそのか》したのである。

「おい主水。久々に稽古をつけてやる。見たところ役職が重すぎるのか、少しは痩せてきたようじゃないか」

作之進が、主水に声を掛けてきた。

日頃から小馬鹿にしていた主水が、無役の自分とは異なって一気に膳奉行となり、警護役の綾乃や、典薬頭の宗庵と親しげに歩いているのが気に入らないのだろう。

しかも主水は、いつも姫香の体液を吸収し、余分な脂身を彼女に吸い取られているから、すっかり引き締まった肉体になっていた。

「そうか、あなたが義父《ちち》を殺したのですね。濡れ紙で息を詰めて」

「なに！」

主水が言うと、作之進が青ざめて気色《けしき》ばんだ。

するとと宗庵が目を丸くして口を挟んだ。

「確かに、主膳殿の骸《むくろ》を検分したのは儂だが、誤って毒薬を飲んだものではなかった。そばに薬瓶《くすりびん》もなかったし、息が詰まったのなら納得できる。儂の知らぬ薬によるものかと思い、そのように報告したのだが」

「お、おのれ……！」

作之進がいきり立ち、激しい勢いで主水に迫るなり、袋竹刀を打ち付けてきたのだ。

主水は間一髪《かんいっぱつ》で躱《かわ》すなり、無意識に作之進の手首を捻《ひね》って投げつけた。体が自然に動き、自分でも鬼の力に驚いていた。

「うわ……！」

彼は声を上げ、見事に一回転して庭土に叩きつけられていた。その様子を、綾乃や藩士たちが呆然《ぼうぜん》と見ていた。

「き、貴様……！」

さすがに頑丈な作之進はすぐに起き上がって、傍《かたわ》らにいる藩士の得物《えもの》を奪い取るなり主水に投げつけてきた。

その袋竹刀を、主水も発止《はっし》と受け止めた。

「来い！」

青眼《せいがん》に構えた作之進が怒鳴って間合いを詰めてきたので、主水も袋竹刀を構えて進んだ。主水のあまりの落ち着きぶりに、綾乃は止めることも忘れ、ただ見守るばかりだった。

自分の間合いに入ると、作之進は鋭い勢いで面に打ちかかってきた。さすがに逆上していても、長年身に付いた技は素早く正確なものである。

主水は、それを左へと弾き、返す刀で流れるように抜き胴。

「うぐ……！」

胴を打たれた作之進が呻き、なおも切っ先を向けてきたので、主水は相手の得物を叩き落とし、ポンと軽く面に打ち込んでいた。

「く……！」

堪らず作之進は尻餅《しりもち》を突いた。

「も、主水殿……。あなたはそれほどの遣い手だったのですか……」

男装の綾乃が舌を巻いて言った。

「と、殿……！」

そのとき宗庵が言い、慌てて平伏した。

見ると正隆が身軽に駆け寄り、それを見た綾乃や藩士たち、主水は膝を突いて頭を下げた。作之進も、混乱しながら両手を突いて這いつくばった。

「主水に礼を言おうと出て来たのだ。作之進、聞いていたが今の話はまことのことか！」

正隆が言う。和合水の力を宿し、耳も良くなっているのだろう。

「い、いえ、根も葉もないことにて……」

「ならばなぜ、いきり立って主水に打ちかかったか」

「な、生意気に思い、つい……」

「それにしては殺気が感じられたぞ。良いか、己《おのれ》が心の誠《まこと》に照らして答えよ！」

正隆が厳しく言うと、作之進は何も答えられず平伏するばかりだった。

「ここで言いたくなければ奥へ来い。真鍋も呼べ」

正隆が言い、追いついてきた家臣もすぐに頷《うなず》き、急いで作太郎を呼びに走っていった。

そして正隆は主水に向き直って言った。

「主水、褒美《ほうび》はあらためて。今後とも頼むぞ」

「は……！」

主水が頭を下げると、正隆は笑みを向け、踵《きびす》を返すとしっかりした足取りで去っていった。それに作之進が、恐る恐る従い、やがて見えなくなると一同もほっとして頭を上げた。

「確かに、真鍋殿は前から、膳奉行を煙たく思っていたようだからなあ」

宗庵が立って言い、膝の土を払った。

主水は立ち上がり、あらためて藩士の一人に袋竹刀を返した。

「こ、今度は阿部様に稽古をつけて欲しいです」

「いやあ、私などは」

藩士が言うのに、主水は笑って答えた。やはり乱暴な作之進は、皆に嫌われているのだろう。

するると綾乃が前に出て、

「どうか一手」

と言って大刀を置き、また藩士に得物を借りた。すると藩士も、すぐ主水に袋竹刀を返してきたのだ。

「おお、儂も見たい」

宗庵が言うと、主水は仕方なく得物を手に綾乃と対峙《たいじ》した。

互いに礼を交わすと、藩士一同も居住まいを正して目を向けた。

「いざ……」

綾乃が言い、青眼に構えた。さすがに作之進以上の迫力で、剣を構えると初めての男という親しみも消えるようだ。

主水は下段、というより力なく切っ先を下げているだけのようだ。

綾乃が慎重に間合いを詰め、切れ長の目で主水を見据えながら、いきなり、

「ヤッ！」

と気合いを発して鋭い面打ちを繰り出してきた。

主水は動かず、その場で相手の攻撃を跳ね上げるなり、素早く綾乃の面を取りに行き、紙一重《かみひとえ》でピタリと止めた。

すでに綾乃の袋竹刀は弾かれて宙高く舞っている。

「ま、参りました……」

得物を飛ばされ、綾乃が呆然と立ちすくんで言った。

主水は構えを解き、落下してきた得物を軽く摑《つか》んで礼をすると、二振りとも藩

士に返した。

藩士たちは、ようやく肩の力を抜いて感動の面持《おもも》ちを向けていた。

「いやあ、見事というほかない。膳奉行以前に、藩士の鑑《かがみ》だな」

宗庵も感心して、嘆息混じりに言った。

そのとき、家臣が出てきて言った。

「宗庵様、殿がお呼びです。主膳様の検分のこと、今一度お話しをと」

「ああ、すぐ行く」

宗庵が答え、一緒に戻っていくと、今日の稽古を終えた藩士たちも、主水と綾乃に一礼して去っていった。

主水と綾乃は、城門まで一緒に歩いた。

「私、また主水殿としたくなってしまいました。自分より強いものを見たのは初めて……」

綾乃が熱っぽい眼差しで言う。主水のあまりの強さに、負けた悔《くや》しさよりも手放しで敬意の念を抱いてしまったようだ。

「なぜ、あのように強いのに今まで稽古に出られなかったのです」

「いえ、賄《まかな》い方の仕事に夢中でしたから」

「では、ろくに稽古もしていないのに、あれほど強いとは……」

綾乃は言い、城門まで来ると名残惜《なごりお》しげに彼を見た。

「また、二人きりになれるでしょうか」

「ええ、もちろん」

「主水殿に、許婚はおりますか」

「いえ、まだおりませんが」

彼が答えると、綾乃はほんのり頬を染めて嬉しげに笑みを浮かべた。

あるいは、綾乃は急に阿部家に嫁《か》したい気持ちになったのかも知れない。

綾乃は家老の息子との婚儀を断ってから、もう一生独り身で剣術と警護に生きようと思っていたようだが、急に主水と添い遂げたい気持ちになってしまったのだろう。

綾乃の家の大目付は、膳奉行より遥《はる》かに上位であるから、彼女が父親に言えば難なく進行するに違いない。阿部家の方に否《いな》やはないだろうし、五つ年上の妻でも、一向に主水にも不服はなかった。

「では、今日はこれにて」

主水は辞儀をして城門を出た。振り返ると、綾乃はいつまでも立って彼を見送っていた。

「あの女を嫁にするの？」

そこへ、姫香が姿を現して言った。

「さて、どうなるかな。正式に話があれば断る理由はない」

「そう、あんな強い女が家にいれば、前の膳奉行みたいに闇討ちされるようなことはないわ」

姫香が言う。どうやら反対ではないようだ。

やがて主水は屋敷へ帰り、雪絵に挨拶《あいさつ》して裃《かみしも》と袴《はかま》を脱いでから厨《くりや》に行き、漬物で茶漬けを掻っ込んで遅めの昼餉《ひるげ》を済ませたのだった。

四

「また、手伝いを頼んで良いか」

「はい、奥様から言われておりますので」

離れへ戻ると、すぐに菜美が入ってきて主水に言った。

どうやら雪絵も、菜美の手伝いがどのようなものかも分からず、昨日で済んだとも思っていないのだろう。

「じゃ脱いでくれ」

主水は言い、自分も床を延べてから帯を解いて着物を脱いでいった。

菜美も素直に全て脱ぎ去り、快楽への期待に頬を上気させていた。

彼は全裸の菜美を仰向けにさせ、まず足裏から舌を這わせ、縮こまった指の股に鼻を割り込ませて嗅いだ。

「あう……」

菜美が呻き、昨晩同様、そんなところから舐められるのを不思議に思いながらも身を投げ出してくれていた。

指の間は生ぬるい汗と脂に湿り、蒸れた匂いが濃く沁み付いていた。

逞しい綾乃を相手に二回射精したが、もちろん淫気は満々である。

それより大目付の娘に続き、可憐《かれん》な町娘を味わうのも実に乙《おつ》なものであった。

主水は足の匂いを貪ってから爪先にしゃぶり付き、全ての指の間に舌を割り込ませて味わった。

「アアッ……！」

菜美が身をよじって喘ぎ、彼は両足とも味と匂いを貪り尽くした。

そして股を開かせ、脚の間を舐め上げて股間へと迫っていった。

白くムッチリした内腿を舐め、湿り気の籠もる割れ目に近づくと、すでにはみ出した花びらがヌラヌラと大量の蜜汁に潤《うるお》っていた。

やはり羞恥と戸惑いのある初回よりも、二度目の方が期待が大きいようで、菜美は離れに来るときから濡れはじめていたのだろう。

堪らず若草の丘に鼻を埋め込んで嗅ぐと、生ぬるく蒸れた汗とゆばりの匂いが濃く沁み付いて、悩ましく鼻腔を刺激してきた。

舌を挿し入れ、溢れる淡い酸味のヌメリを掻き回し、生娘《きむすめ》でなくなったばかりの膣口からオサネまで舐め上げていくと、

「ああ……。い、いい気持ち……」

菜美がビクッと反応して喘ぎ、内腿でキュッときつく主水の両頬を挟み付けてきた。

彼は匂いを貪りながらチロチロとオサネを舐めては、新たに溢れる蜜汁をすすった。さらに両脚を浮かせ、尻の谷間の可憐な蕾に鼻を埋めて微香を嗅ぎ、舌を這わせてヌルッと潜り込ませた。

「く……！」

菜美が呻き、肛門できつく彼の舌先を締め付けてきた。

主水は舌を蠢かせ、滑らかでほのかに甘苦い粘膜を味わってから、ようやく顔を上げて仰向けになっていった。

「顔に跨がって、ゆばりを放ってくれぬか」

引き寄せながら言うと、

「ああ、そんな……」

菜美は恐る恐る跨がりながら声を震わせた。

真下から濡れた陰戸に口を付け、舌を這わせてオサネを吸うと、

「ほ、本当に出してよろしいのですか……」

菜美がガクガク震えながらか細く言った。

「ああ、こぼしたりしないから遠慮なく」

彼は答え、なおも吸い付いて舌を這わせると、次第に奥の柔肉が迫《せ》り出すように盛り上がり、味わいと温もりが変わってきた。

やはり鬼の力に逆らえず、彼女自身も彼の体液を吸収しているので、すぐにも尿意を高めてくれたのだろう。

「あう、出ます……」

間もなく彼女が言うなり、チョロチョロと熱い流れがほとばしってきた。

主水は口に受けて味わい、夢中で喉に流し込むと、甘美な悦《よろこ》びと温もりが胸に満ちていった。

仰向けなので噎《む》せないよう気をつけたが、それは鬼の力を宿しているので飲むのに支障はなく、菜美もあまり溜まっていなかったようなので、間もなく勢いが衰え、やがて治まった。

主水は残り香の中で余りの雫をすすり、舌を這わせて掻き回した。

「アアッ……！」

刺激と、武士の顔に跨がっているという畏《おそ》れ多さに菜美は喘いだが、新たな淫水が溢れて彼の舌の動きがヌラヌラと滑らかになった。

「ど、どうか、もう……」

身を起こしていられなくなったように菜美が言うと、彼もようやく舌を引っ込めた。

「じゃ、私のこれを」

仰向けのまま言って顔を押しやると、菜美も息を弾ませながら素直に股間へと移動して顔を寄せてきた。主水は自ら両脚を浮かせると、谷間を両手で広げて尻を突き出した。

「ここから」

言うと菜美も厭わず彼の肛門にチロチロと舌を這わせてくれ、熱い鼻息でふぐりをくすぐりながら、自分がされたようにヌルッと潜り込ませた。

「ああ、気持ちいい……」

主水は喘ぎ、美少女の舌先を肛門でモグモグと締め付けて快感を味わった。

やがて脚を下ろすと、菜美も自然に舌を引き離してふぐりにしゃぶり付き、股間に息を籠もらせながらふぐりを舐め回してくれた。

さらに、せがむように幹をヒクつかせると、彼女も前進して肉棒の裏側を舐め上げ、粘液の滲む鈴口にもチロチロと舌を這わせてきた。

そして亀頭を舐め回すと、小さな口を精一杯丸く開いてスッポリと喉の奥まで呑み込んでいった。

快感の中心が、生温かく濡れた心地よい口腔に納まり、彼は幹を震わせてズンズンと股間を突き上げた。

「ンン……」

菜美は小さく呻きながらも幹を締め付けて吸い、熱い鼻息で恥毛をそよがせながら舌をからめてくれた。

「も、もういい。跨いで入れて……」

主水は、充分に唾液にまみれて高まると言った。菜美もチュパッと口を引き離して顔を上げ、

「私が上ですか……」

ためらいがちに言って身を起こしてきた。

「ああ、上から入れてごらん」

言いながら手を引くと、菜美も恐る恐る前進して彼の股間に跨がり、先端に割れ目を押しつけてきた。そして息を詰め、そろそろと腰を沈めると張り詰めた亀頭が潜り込んだ。

「アアッ……！」

菜美が喘ぎ、あとは重みと潤いでヌルヌルッと滑らかに嵌《は》まり込んでいった。ぺたりと座り込むと、彼女は息を詰めてキュッと締め付けてきた。

主水も、密着する股間の感触と肉襞の摩擦、熱いほどの温もりと潤いを感じながら、両手を伸ばして彼女を抱き寄せた。

菜美が身を重ねてくると、彼は潜り込むようにして桜色の乳首にチュッと吸い

付き、舌で転がしながら顔中で膨《ふく》らみの張りを味わった。

　両の乳首を充分に味わってから腋の下にも鼻を潜り込ませ、生ぬるく湿った和毛《にこげ》に籠もる、甘ったるい汗の匂いを貪ると、膣内の肉棒が歓喜にヒクヒクと跳ね上がった。

「ああ……」

「痛くないかい？」

「ええ、いい気持ちです……」

　菜美に訊くと、彼女は熱く喘ぎながら答え、キュッキュッと心地よく締め付けてきた。

　主水も小刻みに股間を突き上げながら両手でしがみつき、彼女の首筋を舐め上げてピッタリと唇を重ねていった。

　桜ん坊のようにぷっくりした唇の弾力が伝わり、舌を潜り込ませて滑らかな歯並びを舐めると、

「ンン……」

　菜美も腰を遣いながら熱く呻き、歯を開いて舌をからめてきた。

　大量の淫水が溢れて互いの動きが滑らかになり、クチュクチュと湿った摩擦音

も響いてきた。

やはり菜美も、彼の体液から鬼の力を宿し、すっかり快感に目覚めているようだ。膣内の収縮が活発になり、生ぬるく溢れる蜜汁で互いの股間がビショビショになった。

「アア……。い、いい気持ち……」

菜美が口を離して喘ぎ、彼も勢いを付けてズンズンと股間を突き上げた。

喘ぐ口に鼻を押し込んで嗅ぐと、胸の奥が切なくなるほど甘酸っぱく可愛らしい息の匂いが鼻腔を刺激してきた。

「唾を垂らして……」

囁くと、菜美も生温かく小泡の多い唾液をトロトロと吐き出してくれた。さんざん喘いで口内も渇き気味だろうに、やはり若いぶん汁気も多いようだ。

主水は舌に受けて味わい、うっとりと喉を潤して酔いしれた。

「顔中もヌルヌルにして」

さらにせがむと、菜美も快感に乗じて大胆に舌を這わせてくれた。吐き出した唾液を舌で塗り付ける感じで、たちまち鼻の穴から鼻筋、頬から瞼《まぶた》まで顔中が可憐な娘の生ぬるい唾液にヌラヌラとまみれた。

「い、いく……！」

主水は、菜美の甘酸っぱい息と唾液の匂いに口走り、激しく昇り詰めてしまった。そして熱い大量の精汁がドクンドクンと勢いよくほとばしり、奥深い部分を直撃すると、

「アアッ……、いい……！」

噴出を感じた途端に菜美も声を上げ、ガクガクと狂おしい痙攣を起こして気を遣った。

彼は心ゆくまで快感を噛み締め、最後の一滴まで出し尽くして動きを止めていった。すると菜美も力尽きたようにグッタリともたれかかり、いつまでも収縮を続け、刺激された幹が過敏に震えた。

そして主水は、菜美の吐息を嗅ぎながら、うっとりと快感の余韻に浸り込んでいったのだった……。

五

「真鍋親子が、とうとう殿の前で全て白状したわ」

「なんだ、あれからずっと城にいたのか」

帰ってきた姫香の報告を聞き、主水は言った。

「和合水で、僅かにしろ鬼の力を宿した殿の迫力で、親子とも嘘がつけなくなったみたい」

「そうか、では当然ながら禄《ろく》も格下げで、御台所頭は辞めさせられることになるのだろうな」

恐らく御台所方の、誰か適任者が昇格するのだろう。

「これから真鍋家はどうなるのだろうか」

「父親の作太郎が、我が一死を持って、家名だけは存続させて頂けるよう殿にお願いしていたわ」

「なるほど、腹を召すことになるか……。まあ一人殺《あや》めたのだから仕方ないかも知れないが、許されても作之進は小さくなることだろう」

主水は沈痛な面持ちで言った。

もう一人、賄い頭の市村甚之助は、典薬頭の宗庵とともに、人望もあるから新御台所頭の良い補佐になってくれるに違いない。

主水の膳奉行就任のとき、たまたま作太郎に唆され悪戯心《いたずらごころ》で主水の昼餉に少量の毒を入れたものの、本来甚之助は悪い男ではない。

主水の父も長兄も甚之助の世話になっているし、それがたまたま主水が全ての上役になってしまったのだから面白くはないだろうが、やがて実績を積めば認めてくれることだろう。

やがて主水は夕刻、母屋《おもや》へ行って夕餉を済ませると、茶を飲みながら雪絵に報告をした。

「実は義母上《ははうえ》、良い話と悪い話があるのですが」

「左様ですか。では楽しみを後にして、悪い方から」

彼が切り出すと、雪絵が笑みを含んで答えた。

「義父上《ちちうえ》の死は、毒による誤ったものではなく、濡れ紙を押しつけられて殺されたものでした」

「なんと……。詳しく」

雪絵が目を丸くして言い、主水もつぶさに語った。

「そ、そうだったのですか……。私も、毒にしては妙な死に顔と思っていたのですが」

彼女が言う。阿部家の一人娘として、代々受け継いだ知識は主膳以上に持っているのである。

「まあ、下手人《げしゆにん》は罰を受けるべきですが、死んだ者は戻ってきません」

雪絵は言い、しばし俯《うつむ》いて呼吸を整えていたが、やがて気持ちを切り替えるように顔を上げた。

「では、良い方のお話を」

「はい、今日私の調合した秘薬で、殿の虚弱がことのほか良くなり、ご正室様との情交も無事に終えられたようで」

「まあ、それは……。そなたにそれほどの心得があろうとは……」

雪絵が顔を輝かせて言った。

「まぐれでしょうが、近々ご褒美が頂けるとのことですので、お楽しみに」

「何の、まぐれとは謙遜《けんそん》。主水殿には何やら不思議な力があるようですので」

雪絵も薄々感じていることを口にし、話を終えると淫気を含んだ熱っぽい眼差しを向けてきた。

「どうかお部屋へ」

言われて、主水も立って一緒に彼女の部屋に向かった。

もう菜美も厨の脇にある自分の部屋で休んでいるだろうし、部屋も離れているので声が聞かれることもない。

床の延べられた部屋に入ると、すぐにも二人で全裸になってしまい、布団でもつれ合った。

仰向けにさせて雪絵にのしかかり、主水は豊かな乳房に顔を埋め、もう片方を揉《も》みながら乳首を含んで舐め回した。

「アア……！」

雪絵も熱く喘ぎ、下からしがみつきながら熟れ肌をうねうねと悶えさせた。

彼は両の乳首を交互に吸って舌で転がし、顔中を柔らかな膨らみに埋め込んで生ぬるく甘ったるい体臭に噎せ返った。

腋の下にも鼻を押しつけて、色っぽい腋毛に籠もる濃厚な汗の匂いで胸を満たした。

そして白く滑らかな肌を舐め降り、もちろん足指にも鼻を潜り込ませて蒸れた匂いを貪り、爪先をしゃぶり両足とも全ての指の股をしゃぶった。

「あう、そのようなところは……」

雪絵が、早く交接したいように腰をくねらせて呻いた。

主水は股を開かせ、脚の内側を舐め上げ、ムッチリした内腿をたどって陰戸に迫った。

黒々とした茂みに鼻を埋めて嗅ぐと、今日も生ぬるく蒸れた汗とゆばりの匂いが濃く沁み付き、彼は鼻腔を満たしながら舌を挿し入れていった。すでに内部は大量の淫水が溢れ、淡い酸味のヌメリが舌の動きを滑らかにさせた。

息づく膣口からオサネまで舐め上げていくと、

「アアッ……、いい気持ち……」

雪絵が熱く喘ぎ、内腿でキュッと彼の顔を挟み付けた。

主水はオサネを舐め回し、味と匂いを堪能してから、もちろん両脚を浮かせ、豊満な尻の谷間に鼻を埋め込んで嗅いだ。

今日も生ぬるく蒸れて秘めやかな匂いが籠もって鼻腔を刺激し、彼は舌を這わせてヌルッと潜り込ませた。

「く……」

彼女が呻き、肛門で舌先を締め付けてきた。

そして滑らかな粘膜を探ってから再び陰戸に舌を戻すと、

「こ、こっちへ……」

雪絵が言って彼の下半身を引き寄せてきた。主水も恐る恐る美女の顔に股間を突き付け、互いの内腿を枕に最も感じる部分を舐め合った。

「ンンッ……！」

雪絵は熱く鼻を鳴らして亀頭に吸い付き、熱い息を彼の股間に籠もらせた。

主水がオサネを吸うと彼女も強く吸い、ネットリと舌をからめてきた。

「も、もう、お願い……」

やがて二人して充分過ぎるほど高まると、雪絵がスポンと口を離して挿入をせがんできた。

彼女は身を起こす力もないようなので、主水は本手《ほんて》（正常位）で股を開かせ、股間を進めていった。先端を陰戸に擦りつけ、ゆっくりと亀頭を膣口に押し込んでいくと、

「ああッ……！」

雪絵が顔を仰け反らせて喘ぎ、彼もヌルヌルッと滑らかに根元まで嵌め込んでいった。股間を密着させると脚を伸ばして身を重ね、豊かに息づく熟れ肌に全身を預けた。

雪絵も下から激しく両手でしがみつき、待ち切れないようにズンズンと股間を突き上げてきたので、彼も合わせて腰を遣い、滑らかな摩擦快感を味わいながら

高まっていった。

唇を重ねて舌をからめ、生温かな唾液に濡れて滑らかに蠢く舌を味わいながら律動を強めていくと、

「い、いきそう……！」

雪絵が口を離して言い、潤いと収縮を増していった。

主水は、美しい義母の熱い吐息を嗅ぎ、白粉《おしろい》臭の刺激に鼻腔を掻き回されながら、一足先に昇り詰めてしまった。

「く……！」

突き上がる大きな快感に呻き、ありったけの熱い精汁をドクンドクンと勢いよく内部にほとばしらせると、

「き、気持ちいい……。アアーッ……！」

噴出を感じた雪絵も声を上ずらせ、ガクガクと狂おしく腰を跳ね上げながら気を遣った。

主水は快感を味わいながら、股間をぶつけるように腰を突き動かし続け、心置きなく最後の一滴まで出し尽くしていった。

すっかり満足しながら徐々に動きを弱めてゆき、遠慮なく豊満な熟れ肌に身体

を預けていくと、

「ああ、良かったわ……」

雪絵も声を洩らし、力を抜いて身を投げ出していった。

まだ名残惜しげな収縮が続き、彼は過敏にヒクヒクと内部で幹を跳ね上げながら、熱くかぐわしい吐息で鼻腔を満たし、うっとりと快感の余韻に浸り込んでいったのだった……。

第四章　正室との目眩《めくるめ》く情交を

一

「主水、今までの虚弱が嘘のようだ。これからも頼むぞ」

「ははっ……」

正隆に言われ、主水は褒美《ほうび》として鞘《さや》に家紋の入った脇差を賜《たまわ》り平伏した。

「良い、気楽にいこう」

歳の近い正隆は笑みを浮かべて言い、それでも主水は恐縮していた。

「ときに、真鍋作太郎の切腹は差し止めた」

「さ、左様でございますか……」

主君の言葉に、主水は恐る恐る顔を上げて言った。

「義父《ちち》を失ったそちや、主膳の妻女《さいじょ》は不服かも知れぬが」

「いいえ……。全て天命と存じますし、殿のご寛恕《かんじょ》に頭が下がります」

主水は答えた。

「むろん役職は解き、新たな御台所頭の補佐に就《つ》ける。それなりに長い役目で物知りではあるからな」

「そうでございますか」

藩士としては最下級に格下げとなるだろうが、切腹を免《まぬが》れて役職に関われるなら懸命に働くに違いない。そして間もなく、下級の役職も作太郎の長子に引き継がれるのだろう。

次男坊である作之進の方は、前と同じ無役のままのようだ。

しかし、いかに数人だけの秘密にしても、作太郎が大きな役職を解かれるのだから、藩士たちの間では多くの噂《うわさ》が飛び交うに違いない。だから直《じか》に手を下している作之進は、居心地の悪い日々を送ることになろう。

まあ、それも悪事を働いたのだから仕方のないことである。

やがて正隆は部屋を出て、それを見送った主水も肩の力を抜き、袋に入った脇差を抱えて退出した。

すると廊下で、主水は声を掛けられた。

「もし、阿部様でございますね」

見ると正室、小夜の付き人である老女であった。

「ええ、何か」

「少々ご相談が。どうかこちらへ」

言われて主水は従い、奥の部屋へと同行した。そして、座して向かい合うと、彼女が恐る恐る切り出した。

「ここだけのお話ですが、実は先日、小夜様は殿のお情けを頂いてから、ことのほか淫気が増し、自ら慰める始末。殿はお忙しいし、淫気を鎮《しず》める薬はないものかと典薬頭様にご相談したところ、それなら殿の虚弱をたちどころに治した阿部様が良いと仰《おお》せになり」

言われて、主水は頷《うなず》いた。

他藩から生娘《きむすめ》で嫁《か》したものの、初めて正隆より激しい情交をされ、すっかり目覚めてしまったのだろう。和合水で力を宿した正隆の体液を吸収し、小夜も微量ながら力を持ったようだった。

「差し支えなくば、これよりお見立て頂けませんでしょうか」

「承知しました。では」

主水は答えて立ち上がり、彼女の案内で奥の間へと入った。

すると、姫香の声が頭の中に聞こえてきた。

(大丈夫、誰も覗《のぞ》かないようにしておくから)

(そうか、頼む)

主水は言い、やがて小夜の寝所に入った。

「では、私は外しますので、後はどうかよしなに」

老女が言って去って行った。本来なら襖《ふすま》の隙間から見聞しなければならないのだろうが、姫香に操《あやつ》られたのだろう。

閉め切られた室内には生ぬるく甘ったるい女の匂いが満ち、まるで正隆の虚弱が移ったかのように昼間から床を敷き延べ、髪を下ろし白い寝巻姿で座っている小夜がいた。

十八歳の、大人しげな顔立ちをした気品ある姫君である。

「膳奉行、阿部主水と申します」

主水は平伏して言い、正隆に対するとはまた違う緊張を覚えた。

「面《おもて》を上げ、もっと近《ちこ》う」

小夜が、可憐《かれん》な声で言い、主水も恐る恐るにじり寄った。

「嫁して半月、お情けを頂こうにも殿のお身体が優れず、一向に出来ない日々が続いておりましたが、昨日ようやく滞《とどこお》りなく終えました。しかし私の方が、居ても立ってもいられぬ心地になったのです」

小夜が、微《かす》かに息を弾ませて言い、さらに濃く甘ったるい匂いが漂った。

「宗庵殿に訊《き》けば、殿の虚弱を治したのがそなたとのこと。わらわの気を鎮める秘薬はないものかと、こうして来てもらいました」

「分かりました。ただ殿の強壮のための薬はありましたが、鎮めるものはございません」

「何と、ない……」

「気の昂《たか》ぶりは、殿のお越しをお待ちになるか、おん自ら慰めるか、いずれかの手立てしかありませんので」

言いながら、主水は淫気を高めている小夜の体臭に思わず股間を熱くさせはじめてしまった。

主君の正室に淫気を催《もよお》すなど以《もっ》ての外《ほか》であるが、すでに主水は人以上である鬼の力を宿してしまっている。そうなると姫香のように、人は全て同じであるという考えが湧いてしまっていた。

そして何よりも小夜自身が、熱く慰めを求めているのである。

「ならば、どのように慰めて良いものか誰も教えてくれぬし、わらわも知らぬ。とにかく見立ててもらえぬか」

小夜が言い、自分から寝巻を脱ぎはじめてしまった。

「では、どうか横に」

主水もさらに迫って言い、たちまち全裸になった小夜を仰向けにさせた。

肌は透けるように白いが、乳房は形良く、四肢も健《すこ》やかそうに適度な肉づきがあった。

そして胸乳《むなぢ》が熱く息づき、脱いだため寝巻の内に籠もっていた熱気も甘ったるく濃い匂いを含んで揺らめいた。

股を開かせ、彼は屈《かが》み込んで観察した。

見るとぷっくりした丘に楚々《そそ》とした若草が煙り、割れ目からはみ出す花びらはすでにヌラヌラと清らかな蜜汁に潤《うるお》っていた。

「拝見。触れますのでご容赦《ようしや》を」

主水は言って、そっと指で陰唇を左右に広げてみた。別に膳奉行は医師とは違うが、食と医は同じものとして、小夜も見立てを求めているのだ。

中は綺麗な桃色の柔肉で、昨日生娘でなくなったばかりの膣口が、花弁のように細かな襞を入り組ませて息づき、オサネも小粒ながら光沢を放ってツンと突き立っていた。

「アア、そこ……。殿に舐められて、ことのほか心地よくなったが……。そのようなことをされるなど聞いていませんでした……」

小夜が息を弾ませながら言う。確かに、老女から交接の知識は与えられていただろうが、一国一城の藩主が、正室とはいえ女の股を舐めるなど誰も教えてくれなかったに違いない。

しかも初の挿入も、僅《わず》かながら鬼の力を宿した正隆にされ、破瓜《はか》の痛みより快楽の方が多く感じられたようだった。

もちろん元々小夜は、感じやすい質《たち》であったのだろう。

「男というのは、相手を愛《いと》しく思えばどこだろうと舐めたくなるものです」

「そなたも、好いた女を舐めるのですか……」

「ええ、もちろん、爪先でも尻でも舐めますので」

「ああ……、そのようなことを……」

小夜は、言葉だけで身悶《みもだ》えし、ヒクヒクと白い下腹を波打たせた。

「もしお望みなら、命じて下さいませ」

「ほ、本当に？　ならば、どうかお願い。そなたが日頃しているように……。私だけ裸は恥ずかしいので、そなたも脱いで……」

小夜が言い、期待に乳房を起伏させた。

「では」

主水も言うと脇差を置いて立ち上がり、手早く裃《かみしも》と袴《はかま》を脱ぎ、着物と襦袢《ジュバン》と足袋《たび》、下帯《したおび》までも全て取り去ってしまった。どうせ姫香が、誰も来ぬようにしてくれているので安心である。

全裸になり、勃起したまま小夜に迫ると、まず彼は乳首にチュッと吸い付いて舌で転がしながら、柔らかな膨《ふく》らみに顔を押しつけて感触を味わった。

「アア……、何と心地よい……」

小夜が目を閉じて熱く喘《あえ》ぎ、主水も左右の乳首を順々に含んで舐め回した。

充分に味わううちにも、彼女は少しもじっとしていられないようにクネクネと身悶え、甘い匂いを漂《うず》わせていた。

彼は腋《わき》の下にも鼻を埋め込み、生ぬるく湿った和毛《にこげ》に籠もる、甘ったるい汗の匂いを貪《むさぼ》った。

「あう、くすぐったい……」

小夜が呻《うめ》き、さらに主水は白く滑《なめ》らかな肌を舐め降り、臍《へそ》を探って、腰から脚を舐め降りていった。

そして足首を摑《つか》んで脚を浮かせ、踵《かかと》から土踏まずを舐め、指の間に籠もる蒸《む》れた匂いを嗅《か》いでから、爪先にしゃぶり付いて指の股を舐めはじめた。

二

「アアッ……。何と、そのようなところを……」

小夜がビクリと脚を震わせて喘ぎ、主水は両足とも全ての指の間に舌を割り込ませて貪り尽くしてしまった。

そしてうつ伏せにさせると、脹《ふく》ら脛《はぎ》からヒカガミ、太腿から尻の丸みをたどって腰から滑らかな背中を舐め上げた。

「く……」

小夜が顔を伏せて呻くので、背中も相当に感じるようだった。

どこもスベスベとした、実に磨き抜かれた玉の肌であった。

甘い匂いの籠もるしなやかな髪にも顔を埋めて嗅ぎ、耳の裏側の蒸れた匂いを貪って舌を這わせ、再びうなじから背中を舐め降り、脇腹にも寄り道してから尻に戻った。

うつ伏せのまま股を開かせて腹這い、指でムッチリと谷間を広げると、薄桃色の蕾《つぼみ》がひっそり閉じられていた。

鼻を埋めて嗅ぐと顔中に弾力ある双丘が密着し、蒸れて秘めやかな匂いが籠もって鼻腔《びこう》を刺激してきた。やはり姫君も、町家の娘もほとんど変わらない匂いである。

舌を這わせて襞を濡らし、ヌルッと潜り込ませて滑らかな粘膜を探ると、

「あう……！」

小夜が呻き、他の女たちと同じようにキュッと肛門で舌先を締め付けた。

正隆も、陰戸《ほと》は舐めたが爪先や尻の谷間は舐めていないだろうから、これは小夜にとって初めてのことであろう。

彼は充分に舐めてから、舌を離して顔を上げた。

「ではまた仰向けに」

言うと小夜も、素直にゴロリと寝返りを打ってきた。

主水は大股開きにさせた真ん中に腹這い、白く滑らかな内腿を舐め上げ、すでに濡れている割れ目に顔を寄せた。

若草の丘に鼻を埋めて嗅ぐと、やはり蒸れた汗とゆばりの匂いが生ぬるく籠もり、悩ましく胸に沁み込んできた。

鼻腔を満たしながら割れ目を舐め回すと、やはり淡い酸味のヌメリが満ち、舌の動きを滑らかにさせた。そして彼が、膣口からオサネまでゆっくり舐め上げていくと、

「アアッ……。何と、良い……！」

小夜がビクッと顔を仰《の》け反《ぞ》らせて喘ぎ、内腿で彼の顔を挟み付けてきた。

主水も正室の匂いと味を堪能しながらチロチロと舌で弾くようにオサネを刺激しては、溢《あふ》れる生ぬるい蜜汁をすすった。

「あう、雲の上にいるような……」

小夜はヒクヒクと小刻みな痙攣《けいれん》を起こし、すでに小さく気を遣《や》りはじめたようだった。

正隆もこんなに長く舐めていなかったから、小夜はすっかり朦朧《もうろう》となり我を忘れているようだ。

さらにオサネを舐めながら膣口に指を挿《さ》し入れ、ヌメリに任せて小刻みに内壁を擦《こす》ってやると、

「く……、ゆ、ゆばりが漏れてしまいそう……」

彼女が言うので主水は腰を抱えながら仰向けになり、上から跨《また》がせた。

「構いません、出して下さいませ」

言って下から股間を抱え、再び割れ目に口を付けると、彼女も上体を起こしていられず、主水の顔の上で体を縮込め、彼の鼻と口に陰戸を擦りつけてきた。

「で、出る……」

小夜が覆《おお》いかぶさりながら呻くように言うと同時に、彼の口にチョロチョロと熱い流れが注がれてきた。

仰向けなので噎《む》せないよう気をつけたが、元より鬼の力があるので大丈夫だ。

さすがに清らかな味わいで、主水はこぼさぬよう夢中で喉に流し込んだ。

「アア……」

小夜が喘ぎ、勢いを増して放尿したが全て受け止め、彼は喉を鳴らし続けた。

ようやく勢いが衰えて流れが治まると、彼は残り香の中で、淫水の混じる余りの雫《しずく》をすすった。

「も、もう良い……」

小夜が腰をくねらせて言い、そろそろと股間を引き離していった。

そして、ふと気になったのか、彼の股間を見下ろすと、すぐ好奇心いっぱいに顔を寄せてきた。

主水も仰向けのまま大股開きになると、彼女は間に腹這いになって熱い視線を注いだ。やはり正隆との情交では、一方的に受け身になるだけで、一物《いちもつ》などろくに見ていないのである。

「これが男のもの……。殿のこれが入ったのか……」

言いながら、恐る恐る指を這わせてきたので、彼は感じてヒクヒクと幹を震わせた。

「主水、これを入れて……」

「私がのしかかるわけに参りませんので、どうか小夜様が上に」

小夜がせがんできたので、主水は期待に胸を震わせながら答えた。

「入るだろうか……、このように大きなものが……」

「大きさは殿とそれほど変わりません。それに小夜様も充分に、受け入れられるよう濡れておりますので」

「ならば、これも舐めて濡らした方が良いのでは……」

さすがに鬼の力で、彼が望んだように小夜は操られて言い、口を寄せてきた。

そして幹に指を添えながら舌を伸ばすと、粘液の滲《にじ》む鈴口《すずぐち》をチロチロと探り、小さく上品な口を丸く開いて、張り詰めた亀頭をスッポリとくわえた。

「アア……」

主水は、畏《おそ》れ多い快感に喘ぎ、小夜の口の中でヒクヒクと幹を震わせた。

熱い息が股間に籠もり、さらに彼女は喉の奥まで呑み込んで吸い付き、唾液を出しながらクチュクチュと舌をからめてくれた。

たちまち一物全体は、正室の生温かく清らかな唾液にまみれ、彼は思わずズンズンと小刻みに股間を突き上げてしまった。

「ンン……」

小夜が喉の奥を突かれて呻き、反射的に歯が触れたが、その刺激も実に新鮮で彼は激しく高まった。

いよいよ危うくなりそうだったが、先に小夜の方からスポンと口を離して身を起こしてきた。

「上から、どのように……」

迷いながら言うので主水も手を握って引っ張りながら跨がらせ、下から先端を陰戸に押し当てていった。すると小夜も自分から位置を定め、やがて息を詰めて腰を沈み込ませてきた。

張り詰めた亀頭が潜り込むと、あとは重みと潤いでヌルヌルッと滑らかに根元まで呑み込まれていった。

「アアッ……。何と、良い……」

座り込んで股間を密着させた小夜が顔を仰け反らせて喘ぎ、正隆との違いを確かめるようにキュッキュッときつく締め上げてきた。

主水も、温もりと感触を味わいながら中で幹を震わせ、畏れ多い感激と快感を嚙み締めた。

やがて上体を起こしていられず、小夜が身を重ねてきたので、彼も下から両手で抱き留め、膝を立てて弾力ある尻を支えた。

もうここまでしてしまったのだから、主水もためらいなく彼女の顔を引き寄せてピッタリと唇を重ねると、舌を挿し入れて滑らかな歯並びと歯茎を舐め回してしまった。

すると小夜も歯を開いて舌を触れ合わせ、チロチロとからみつけてくれた。

生温かな唾液に濡れた舌が滑らかに蠢《うごめ》き、彼は滴《したた》る潤いをすすりながら、熱い吐息で鼻腔を湿らせた。

そして快感に任せ、ズンズンと股間を突き上げると、

「ああ……、もっと強く……」

小夜が熱く喘ぎ、自分からも腰を遣《つか》いはじめたのである。

たちまち二人の動きが一致して次第に激しくなり、溢れる淫水で滑らかな摩擦快感が伝わってきた。

小夜の吐き出す息を嗅ぐと、それは熱く湿り気を含み、菜美に似た甘酸っぱい匂いが鼻腔を刺激してきた。

主水も夢中になり、高貴な美女の喘ぐ口に鼻を押し込み、胸いっぱいに悩ましい吐息を満たしながら昇り詰めてしまった。

「く……！」

絶頂の快感に呻きながら、熱い精汁をドクドクと勢いよくほとばしらせると、

「き、気持ちいい……。宙に舞うような……、アアーッ……！」

噴出を感じた途端に、小夜もガクガクと狂おしく痙攣して口走った。

どうやら完全に気を遣ってしまったようだ。

主水は収縮する内部で心ゆくまで快感を味わい、最後の一滴まで出し尽くしてしまった。

そして徐々に突き上げを弱めていくと、

「アア……」

小夜も声を洩らして強《こわ》ばりを解き、力尽きたようにグッタリともたれかかってきた。

主水は息づく膣内に刺激され、ヒクヒクと過敏に幹を跳ね上げ、果実臭の吐息を嗅いでうっとりと余韻を味わった。

「二人だけの秘密ですよ……」

「むろんのことです。でもまた我慢できなくなったら呼ぶので……」

囁《ささや》くと、小夜も荒い息遣いで小さく答えた。

「殿とするときは、強く望まれない限り、自分から一物をしゃぶってはいけませんよ」

さらに彼は、幾つか注意し、やがて正室の重みと温もりを受け止めながら、荒い呼吸を整えたのだった……。

三

「まあ！　わが阿部家で、このようなことは初めてです」

夕刻、主水が帰宅して、殿からの褒美の脇差を見せると雪絵はたいそう喜んでくれた。

「これは家宝に致しましょう。では旦那《だんな》様に見せます」

雪絵は恭《うやうや》しく脇差を持って立ち、仏間へ行ったので彼も従った。

そして彼女は仏前に脇差を置き、線香を立てて長いこと手を合わせ、主水もそのようにした。

やがて雪絵が顔を上げて向き直ったので、主水も仏前で報告をした。

「義父上は無念だったと思いますが、下手人《げしゅにん》である真鍋父子を、殿は広いお心で赦《ゆる》されました。むろん家禄《かろく》は一番下になったけど、家名の存続はお認めになったようです」

「左様ですか。殿の決められたことなら、私に異存のあろう筈《はず》もございません」

言うと雪絵も、頷いて重々しく答えた。

仏間を出ると主水は部屋で裃を脱いで着替え、厨《くりや》へ行って夕餉《ゆうげ》を済ませた。

菜美は、仕度だけ終えると今夜は城下にある実家に戻ったらしい。

雪絵も、食事の都度、主水に様々な食材や味付けなどを厳しく仕込むつもりだったが、あまりに彼が正確に言い当てるので、もう今はごく普通に食事をするだけになっていた。

「本当に、旦那様の見る目は正しかったのですね。つくづく良い息子を迎えたと思っております」

片付けをしながら雪絵が言う。

「そうそう、昼間、大目付の結城様よりご使者が参り、お嬢様との婚儀を申し込まれましたが、綾乃様とは城で？」

「はい、何度かお目にかかりましたが、そうですか。それで義母上《ははうえ》はお受けされたのですか？」

こんなに早く綾乃が申し込んできたことに驚きつつ、主水はいよいよ嫁を取るのかという感慨に耽《ふけ》った。

「主水殿の帰宅を待って相談の上、明日お返事をということにしました。どう致しましょう」

「義母上にご異存がなければ」

「異存などありません。大目付の家柄と親戚になるのですし、剣術指南に警護役ともなれば体も丈夫でしょう。聞けば、綾乃様は主水殿より五歳上ということですが、まだ子は産めましょうから」

雪絵は、綾乃との面識はないようだが大乗り気で言った。

「では明日、結城様のお屋敷へ出向いて、話を進めて参りましょう」

「は、よろしくお願いします」

主水も答え、何やら養子に入ってから実に慌ただしい日々が続いているので、懸命に頭の中を整えた。

「今宵《こよい》は離れでなく母屋《おもや》に寝て下さい」

「承知しました」

主水は言い、いったん部屋に戻って寝巻に着替えた。

そして雪絵の寝所に入ると、すでに床が延べられ、彼女も着物を脱いでいるところだった。

もちろん雪絵は淫気満々で、主水は着たばかりの寝巻を脱ぎ去り、すぐにも二人で一糸《いっし》まとわぬ姿になった。

布団に横になると雪絵が彼を仰向けにさせ、待ち切れないように激しく一物にしゃぶり付いてきた。

「アア……」

主水は唐突な快感に喘ぎ、まずは受け身になって義母の愛撫に全てを委《ゆだ》ねた。

雪絵は熱い息を彼の股間に籠もらせ、喉の奥までスッポリと一物を呑み込むと、貪るように吸いながら舌をからめた。

たちまち彼自身は義母の生温かな唾液にどっぷりと浸り、最大限に勃起してヒクヒクと震えた。

「ンン……」

股間をズンズンと突き上げると雪絵が熱く鼻を鳴らし、顔を上下させてスポスポと強烈な摩擦を繰り返してくれた。

「も、もう……」

急激に危うくなって口走ると、雪絵もすぐにスポンと口を離して添い寝してきた。入れ替わりに身を起こした主水は、仰向けにさせた彼女の足裏へと顔を寄せていった。

「あう、そんなところは良いのに……」

踵から土踏まずに舌を這わせると、雪絵がビクリと反応して呻いた。

形良く揃った足指の間に鼻を割り込ませて嗅ぐと、やはり今日も雪絵は多く動き回り、しかも家宝となる脇差の拝領や大目付からの使者もあったため、喜びと緊張で、かなり汗と脂《あぶら》にジットリ湿り、蒸れた匂いが濃厚に沁み付いていた。

主水は匂いを貪って鼻腔を刺激され、爪先にしゃぶり付いて全ての指の股に舌を潜り込ませて味わった。

「アア……、くすぐったい……」

雪絵がクネクネと身をよじらせて喘ぎ、彼は両足とも全ての味と匂いを堪能し尽くした。

そして大股開きにさせて脚の内側を舐め上げ、白くムッチリと量感ある内腿をたどり、すでに濡れている股間に迫った。

黒々とした茂みに鼻を擦りつけ、隅々に籠もる蒸れた汗とゆばりの匂いを嗅いで胸を満たしながら、舌を挿し入れていった。

柔肉を探ると、淡い酸味のヌメリが舌の動きをヌラヌラと滑らかにさせ、彼は息づく膣口の襞からツンと突き立ったオサネまで、味わいながらゆっくりと舐め上げていった。

「ああ……、いい気持ち……！」

雪絵がビクリと顔を仰け反らせて喘ぎ、内腿できつく彼の両頬を挟み付けてきた。主水は豊満な腰を抱えてチロチロと舌先でオサネを弾き、溢れてくる淫水をすすった。

さらに彼女の両脚を浮かせ、白く豊かな尻の谷間に鼻を埋め、桃色の蕾に籠もって蒸れた匂いを貪り、舌を這わせてヌルッと潜り込ませた。

「あう……」

雪絵が呻き、モグモグと肛門を収縮させて舌先を締め付けた。

主水は滑らかな粘膜を探り、淡く甘苦い味わいを堪能した。

そして舌を引き離すと、彼は左手の人差し指を唾液に濡れた蕾に押し込み、さらに右手の二本の指を膣口に潜り込ませていった。

再びオサネに吸い付くと、

「アア……、すごい。もっと……」

最も感じる三カ所を同時に愛撫され、雪絵が声を上ずらせて喘いだ。

彼もそれぞれ指の入った前後の穴の中で、小刻みに動かして内壁を摩擦し、オサネを舐め回しては強く吸った。

「だ、駄目……。変になりそう……」

彼女が早々とした絶頂を惜しむように口走り、拒《こば》むように腰をくねらせた。

ようやく彼も舌を離し、前後の穴からヌルッと指を引き抜いた。

膣内にあった二本の指の間は淫水の膜が張り、攪拌《かくはん》されて白っぽく濁《にご》ったヌメリが湯気を立て、指の腹は湯上がりのようにふやけてシワになっていた。

肛門に入っていた指に汚れの付着などはなく、爪に曇りはないが微香が感じられた。

「い、入れて……。お願い……」

雪絵が息も絶えだえになってせがむので、主水も身を起こして股間を進め、本手《ほんて》（正常位）で先端を濡れた陰戸に押し当てた。

そして何度か擦りつけてヌメリを与えてから位置を定め、味わいながらゆっくりと膣口に挿入していった。

「アアッ……、いい……！」

ヌルヌルッと滑らかに根元まで押し込むと雪絵が身を弓なりに反らせて喘ぎ、主水も股間を密着させ、温もりと感触を味わいながら脚を伸ばし、身を重ねていった。

雪絵も下から激しく両手を回してしがみついてきたので、主水は屈み込んで乳首を吸い、舐め回しながら顔中で豊かな膨らみを味わった。

左右の乳首を交互に含んで舌で転がし、さらに腕を差し上げて色っぽい腋毛に沁み付いた、濃く甘ったるい汗の匂いに噎せ返りながら、徐々に腰を突き動かしはじめた。

すると雪絵が、何とも意外なことを言ってきたのである。

四

「どうか、お尻の穴に入れてみて……」

「え……？　大丈夫かな……」

雪絵に言われ、思わず動きを止めた主水だったが、激しい好奇心が湧いた。

何しろ陰間《かげま》は男同士でそのように入れるのだから、ちゃんと入るだろうし、無理なら途中で止《よ》せば良いのだ。

それに雪絵は、肛門に指を入れられて意外な快感で思い付いたのだろうし、何しろ鬼の力を宿しているのだから、何をしても快楽にすることが出来るだろう。

主水は身を起こして一物を引き抜き、彼女の両脚を再び浮かせた。

見ると、陰戸から溢れて流れる淫水が、桃色の蕾まで妖《あや》しくヌメヌメと潤わせていた。

「では、無理だったら言って下さいませ」

彼が言って淫水に濡れた先端を蕾に押し当てると、雪絵も口で息をし、懸命に力を緩《ゆる》めているようだ。

呼吸を計ってグイッと押し込むと、張り詰めた亀頭が蕾を丸く押し広げた。

襞が伸びきって今にも裂けそうなほど光沢を放ったが、最も太い雁首《かりくび》までが潜り込んでしまうと、あとはズブズブと滑らかに根元まで挿入することが出来たのだった。

「あう……、変な気持ち……」

雪絵が上気した顔で言い、異物を確かめるようにモグモグと締め付けてきた。

さすがに入り口はきついが、中は思ったより楽で、ベタつきもなくむしろ滑らかな感触であった。

「突いて、強く……」

彼女が言うので、主水も様子を見ながらそろそろと動きはじめていった。

小刻みに動くうち、徐々に彼女も緩急《かんきゅう》の付け方に慣れてきたように、たちまち律動が滑らかになってきた。

クチュクチュと湿った摩擦音も聞こえ、主水もジワジワと絶頂が迫ってきた。

「アア、いい気持ち……」

雪絵が蕾を収縮させながら喘ぎ、自ら両手で乳首をつまんで動かした。

主水も空いている陰戸を指で探り、親指の腹でオサネを擦ってやった。

「い、いく……。アアーッ……！」

たちまち雪絵がガクガクと狂おしく痙攣して声を上げ、まるで気を遣った膣内と連動するように肛門内部もキュッキュッと収縮した。

「く……！」

初めての感覚に呻き、そのまま彼も昇り詰めてしまった。

そして快感の中、熱い大量の精汁をドクンドクンと勢いよく注入すると、

「あう……、感じる……」

噴出の温もりを得た雪絵が呻き、中に満ちる精汁でさらに動きがヌラヌラと滑らかになっていった。

主水は快感を噛み締め、心置きなく最後の一滴まで出し尽くしていった。

「ああ……」

すっかり満足しながら喘ぎ、動きを止めて呼吸を整えると、雪絵もグッタリと身を投げ出し、熱い息遣いで豊かな乳房を上下させていた。

するとヌメリと締め付けで、抜こうとしなくても徐々に一物が押し出され、やがてツルッと抜け落ちてしまった。

何やら美女に排泄されるような興奮を得ながら見ると、肛門は裂けた様子もなく一瞬丸く開いて中の粘膜を覗かせていたが、徐々につぼまって元の可憐な蕾に戻っていった。

「さあ、早く洗った方が……」

互いに呼吸も整わぬうち、雪絵が言って身を起こし、主水も余韻すら味わわず一緒に部屋を出た。

湯殿へ行って残り湯で互いの股間を洗うと、

「ゆばりも出しなさい」

言われて、内部も洗い流すため彼は回復しそうになるのを堪《こら》えながら、懸命にチョロチョロと放尿した。出し終えると雪絵が甲斐甲斐《かいがい》しく洗ってくれるので、またムクムクと勃起してしまった。

「は、義母上もゆばりを出して下さい……」

主水は簀《す》の子《こ》に座ったまま言い、目の前に雪絵を立たせて股を開かせた。

すっかり匂いの薄れた恥毛に鼻を擦りつけて嗅ぎ、舌を這わせると新たな淫水が溢れてきた。

「アア……、いい気持ち……。すぐ出そうよ……」

雪絵も息を弾ませ、股間を突き出しながら興奮に任せて尿意を高めてくれた。

やはりまだ膣内で気を遣っていないので、まだまだ淫気がくすぶっているのだろう。

「あう、出る……」

柔肉が蠢くと同時に雪絵が言い、すぐにもチョロチョロと熱い流れがほとばしってきた。

主水は口に受けて温もりと匂いを味わい、うっとりと喉を潤した。

勢いが増すと口から溢れて温かく肌を伝い流れたが、あまり溜まっていなかったか、間もなく流れは治まってしまった。

「ああ……」

雪絵は声を洩らし、残尿とともに新たな淫水を漏らして座り込んだ。

また互いに股間を洗い流して支えながら立ち上がり、身体を拭いて全裸のまま部屋の布団に戻った。

「どうか、もう一度……」

仰向けになった主水が言うと、もちろんというふうに雪絵が屈み込み、すっかり回復している一物をしゃぶって唾液に濡らし、すぐにも身を起こして跨がってきた。

やはり寝しなの最後は、一つになって果てたいのだろう。

先端を膣口に受け入れ、彼女はヌルヌルッと嵌《は》め込みながら座り込んできた。

「アアッ……、いい……」

顔を仰け反らせて言い、雪絵は密着した股間をグリグリ擦りつけ、ゆっくりと身を重ねてきた。

主水も両膝を立てて豊満な尻を支え、下から両手を回して抱き留めた。

すると彼女はすぐにも腰を遣いながら、上からピッタリと唇を重ね、熱い息を籠もらせて舌をからめた。

彼も舌を蠢かせ、美しく熟れた義母の生温かな唾液に濡れた舌を味わい、滴るヌメリでうっとりと喉を潤した。

主水がズンズンと股間を突き上げはじめると、すぐに互いの動きが一致し、ピチャクチャと淫らに湿った摩擦音が聞こえてきた。

「ああ……、やはり前に入れる方がいいわ……」

雪絵は淫らに唾液の糸を引いて口を離し、熱く喘ぎながら膣内の収縮を活発にさせていった。

彼は熱く湿り気ある吐息を嗅ぎ、甘い白粉臭《おしろい》で鼻腔を刺激されながら突き上げに勢いを付けていった。

「あう、気持ちいい。義母上、顔中ヌルヌルにして……」

高まりながら甘えるように言うと、雪絵も舌を這わせ、彼の鼻筋から頬、瞼《まぶた》から耳の穴までヌラヌラと生温かな唾液にまみれさせてくれた。

たちまち彼は昇り詰め、

「い、いく……！」

突き上がる絶頂の快感に呻きながら、ありったけの熱い精汁をドクンドクンと中にほとばしらせてしまった。

「ああ、もっと……！」

噴出を感じた雪絵も声を洩らし、ガクガクと狂おしく痙攣を開始した。

「い、いい……。すごく……！」

彼女が激しく気を遣りながら口走り、主水も快感を嚙み締めながら心置きなく最後の一滴まで出し尽くしていった。

「アア……」

満足しながら突き上げを弱めていくと、雪絵も熟れ肌の硬直を解き、グッタリと力を抜いてもたれかかってきた。

主水は重みと温もりを受け止め、まだ名残惜《なごりお》しげに息づく膣内でヒクヒクと過敏に幹を震わせ、熱く甘い吐息を嗅ぎながら、うっとりと快感の余韻に浸り込んでいったのだった……。

五

「これは主水、いや膳奉行様……」

「よして下さい、兄上」

朝、主水が裃を着け、雪絵と一緒に彼の実家へ立ち寄ると、長兄が出てきて言った。彼もまた登城前の裃姿である。

とにかく上がり、主水は実の両親と長兄、その妻に挨拶《あいさつ》をした。

「たいそうな出世だが、城内では軽口も叩けぬまま気にかけておったのだ。ときに今日は何用か」

父が言い、主水は雪絵とともに、此度《こたび》の婚儀の報告をした。

「なに、大目付様のご息女を嫁に。確か剣術指南で殿の警護役とか」

「はい、これから義母上と結城様のお屋敷へ挨拶にゆき、日取りなど取り決めたいと存じますので」

主水は、目を丸くしている父や兄に言った。

「左様か、何やら我が子とも思えぬ華々しき成り行き。だが痩せたな」

「はい、体は大事ありませぬ。日取りが決まり次第、またお知らせに上がりますので」

主水は言い、やがて雪絵とともに早々に実家を辞した。

そして結城家へ赴《おもむ》き、座敷に通された。

「おお、頼もしき面構《つらがま》え。綾乃から聞いている。なるほど、綾乃より強そうで安堵《あんど》した」

大目付である、結城征右衛門《せいえもん》が迎えて言った。

婚儀をきっかけに大目付の役職は補佐に回り、綾乃の兄である長子が跡を継ぐ準備中のようだった。その兄は、すでに登城しているらしい。

そして驚くことに、いつも長い髪を引っ詰めただけの綾乃が、島田《しまだ》に結い振袖《ふりそで》姿で迎えたのである。

目を見張る美しさに、主水はこの美女を妻にするのかとあらためて思い、股間を熱くさせてしまったものだ。

「本当に、このお転婆《てんば》で良いのか」

「は、わが妻に迎える方は他におりません」

主水が答えると、綾乃は身悶えせんばかりに喜色を浮かべた。

「左様か。嫁に出すことは諦《あきら》めていたが、綾乃が嫁したいと願い、そなたが受けてくれるなら我が家の喜びもこの上ない。ならば早い方が良かろう。次の吉日ということで、雪絵どのもご承知頂けますか」

「はい、願ってもないことに存じますれば」

言われて雪絵も恭《うやうや》しく頭を下げた。

「では、これより登城ならば、殿にもご報告なさるが良い」

「はい、よろしくお願い申し上げます」

主水は言い、辞儀をして雪絵ともども結城家を辞した。

すると綾乃も一緒に出てきた。

「ふつつか者ですが、よろしくお願い致します」

綾乃が雪絵に頭を下げて言った。

「ええ、こちらこそ。美しい嫁御で嬉《うれ》しいです。では主水どの、私はこれにて戻りますので」

雪絵は言い、主水と綾乃に笑みを向けると踵《きびす》を返して帰宅していった。

それを見送り、

「私もこのままお城へ参ります。警護役の引き継ぎもございますれば」

綾乃が主水に言った。

「ええ、ではご一緒に参りましょう」

答えて二人で城へ向かうと、さすがに綾乃も日頃のように大股には歩かず、彼の後ろからしずしずと従った。

やがて登城すると、途中で綾乃とは別れ、主水は奥へ進んだ。

そして謁見《えつけん》を申し出ると、すぐにも正隆が会ってくれたのである。

「おお、そちを呼び出そうと思っていた折だ。ちょうど良い」

「何か御用でございましたでしょうか」

「ああ、そちから話せ」

正隆が気さくに言うが、主水は居住まいをあらためて平伏しながら言った。

「実は綾乃様と夫婦《めおと》になることを決めさせて頂きました」

「なに、そうか！」

申し上げると正隆が満面の笑みで答えた。

「双方の家も承知のことか」

「は、先ほど義母と私の実家、そして結城様のお屋敷に挨拶に伺《うかが》いました」

「うん、それなら良い。日取りは」

「慌ただしいのですが、次の吉日ということに」

「ならば余が媒酌《ばいしゃく》を務めよう」

「は……！」

主水は恐縮して答えた。

確かに、大目付ほどの家柄との婚儀だから、媒酌人に相応《ふさわ》しいのは城代家老ぐらいしかいないのだが、何しろ家老の家と綾乃はかつて婚儀が破談になって気まずいという経緯《いきさつ》がある。

「目出度《めでた》いことだ。良い、面を上げよ」

言われて、主水は恐る恐る顔を上げた。

「では余の話だ。間もなく江戸へ赴く。その供をせい」

「わ、私が江戸屋敷へ……」

「ああ、婚儀間もなく済まぬが、余のそばにいて欲しい。城の膳奉行は宗庵にでも代わりを務めさせる」

正隆が言う。確かに、参勤交代《さんきんこうたい》で主君が江戸へ赴くなら、主要な側近もともに行くことになっている。

「は、謹《つつし》んでお受け致します」

言いながら主水は、まだ見ぬ江戸へ思いを馳《は》せた。

やがて正隆が満足げに退出すると、主水も部屋を出た。そして宗庵に会って、婚儀と江戸へ行くことを告げた。

「そうか、何となく儂《わし》も、二人が一緒になるような気がしていたのだ。江戸へ行くのも良い。城の食は任せてくれ」

宗庵も喜んでくれた。

そして彼と別れると、探していたようで綾乃が来た。

「少しお付き合いをお願い致します」

「ええ、どこへ」

「藩校です。お話は道々」

綾乃が言い、主水は一緒に城を出て藩校へと向かった。

藩校では、若い藩士たちが学問と武芸を学んでいる。

主水も幼い頃から藩校で学問に励み、道場では作之進に苛《いじ》められていたものだった。

「道場に、私を姉と慕《した》う相良加代《さがらかよ》という二十歳《はたち》になる師範代がおります。その加代に警護役を引き継がせようと思い、一度お目通りを」

「承知しました。それから婚儀間もなく、江戸行きが決まりましたが」

「ええ、お目出度う存じます」

言うと綾乃が答えた。

「実は加代と私は、少なからず情を通じ合っておりました」

「え？　女同士で……？」

聞くと、主水はまたムズムズと股間を疼《うず》かせてしまった。

「加代もまた女を捨て、私のように剣一筋に生きております」

綾乃が言う。いかにも当藩の男は、作之進のような無頼《ぶらい》まがいか、あるいは細腕の弱いものばかりのようだった。

「二人で、どのようなことを？」

「口吸いをしたり、お乳をいじり合ったり、あるいは筆で自分を慰める方法も教えましたし、ときに筆の穂先に唾液を含ませ、お乳や陰戸を探ったり」

「わあ、すごい」

「ともに女を捨てて生きてきたのですが、私が嫁に行くと知れば、たいそう嘆き主水様に挑みかかるかと思います」

綾乃が言うので彼も少し期待をし、やがて藩校へと入った。

若い藩士たちは静かに学問に勤《いそ》しみ、道場からも撃剣の音が聞こえ、実に懐かしい雰囲気だった。

道場に入ると、藩士たちがゆるい稽古《けいこ》をしていたが、綾乃の顔を見るなり背筋を伸ばして気合いを入れはじめた。

「あ、綾乃様……。どうなさったのですか、その髪は……」

稽古着姿の、きつい眼差《まなざ》しをした女が出てきて言った。これが加代らしく、すでに藩士たちを痛めつけ、一息入れていたようだ。

さすがに逞《たくま》しく、いかにも綾乃の分身という感じで長い髪を引っ詰めたままだが目鼻立ちは整っていた。

「少しお話が。こちらは膳奉行の阿部主水様」

綾乃が言うと、加代は怪訝《けげん》そうに主水を見て軽く頭を下げた。

「私の夫になる人です。そして間もなく婚儀をして殿とともに江戸へ行きます」

「そ、そんな……」

言われた加代が呆然《ぼうぜん》とし、主水と彼女の顔を交互に見た。

「だ、誰の妻にもならぬと仰《おつしや》っていたのに、なぜこの人と……」

加代が、今にも泣きそうな顔になって言った。

「人物が優れているからです。そして剣も私より強い」

「そんなこと、有り得ません!」

綾乃の言葉に、加代がきつい眼差しで主水を睨《にら》みながら答えた。

「立ち合ってみますか。もし加代が勝てば、私は婚儀を諦めますので」

「ほ、本当ですか……! ならばお願いします。私が負ければ、お二人を心からお祝い致します」

加代が勢い込んで言うので、主水も仕方なく立ち合うことにした。

袴姿の主水が道場に入ると、何事かと藩士たちも稽古を止《や》めた。

「休め。模範試合！」

綾乃が、凛《りん》とした声で言うと、藩士たちは壁際に並んで座った。

主水は大刀を綾乃に預けて袋竹刀《ふくろしない》を借り、襷《たすき》も掛けぬまま正装で中央へと進んだ。

加代も鉢巻を締め直し、礼を交わして対峙《たいじ》したのだった。

第五章　二人がかりで弄《もてあそ》ばれて

一

「いざ……」

加代が得物《えもの》を青眼《せいがん》に構えて言い、睨《にら》みながら間合いを詰めてきた。

主水は下段のままだが、さすがに綾乃に次ぐ手練《てだ》れだけに加代も慎重だった。

しかし主水は素早く間合いを詰め、切っ先を上げて彼女の喉元に紙一重《かみひとえ》でピタリと止めた。

「う……」

加代は硬直して呻《うめ》き、そろそろと後退した。

主水は追わず、青眼のままでいると、加代が腹を立てたように思い切り彼の得物を叩き落としにかかった。

それを躱《かわ》し、主水は彼女が空を切って振り下ろした右籠手《みぎこて》に切っ先をピタリと止めた。

「く……」

打たれたと思ってまた呻き、加代は次の攻撃を仕掛けてきたが、主水はいち早く面を取り、ピタリと止めた。

「な、なぜ打たぬ！ 小馬鹿にするか！」

加代が激昂《げっこう》したが、そこへ綾乃が割って入った。

「それまで。あまりに力が違いすぎるので打たないのですよ」

綾乃が言うと、加代はみるみる闘志を失って得物を下げ、

「参りました……」

と礼をして言った。

主水も礼を返し、得物を置くと、見守っていた藩士一同もほっと力を抜いた。

今まで、これほどの手練れが藩内にいるとは夢にも思っていなかったようだ。

「では出ましょう。皆は稽古《けいこ》を続けますように」

綾乃が言うと、藩士たちも立ち上がって稽古を再開した。

礼をして道場を辞し、三人は藩校を出た。

「約束よ。私たちを祝って」

「はい、分かりました……」

綾乃が言うと、加代は稽古着姿のまま歩き、甘ったるい汗の匂いを漂わせながら神妙に頷《うなず》いた。

「加代の家へお邪魔するわ。お話もあるので」

綾乃は言い、三人で近くにある加代の住まいへ行った。

そこは加代の祖父の隠居所だった、今は空いている一軒家で、藩校に通いやすいよう彼女はそこで一人で寝起きしているのだったが、食事だけは家まで通っているらしい。

加代の家柄は納戸番《なんどばん》だが、すでに長兄が継ぎ、彼女は綾乃に憧《あこが》れ、姿形を真似て剣一筋に生きていた。

中に入ると二間あり、刀架《とうか》には大小。あとは慎《つつ》ましやかで何もなかった。

他には厠《かわや》と、裏に井戸があるだけらしい。

「茶も出ませんが」

「構いません。さっき言ったことの繰り返しになるけれど」

「本当に、江戸へ……？」

「そうです。私の代わりに、加代に殿の警護役を務めてもらいたいのです」

「私が警護役に……」

綾乃に言われ、加代は戸惑ったように答えた。

「お訊《き》きしたいことが」

加代は、他のことを考えていたように言った。

「何です」

「お二人は、もう契《ちぎ》られたのでしょうか」

加代が言い、綾乃も正直に頷いた。

「ならばお願いです。私にもして下さいませ。綾乃様と同じ相手と、同じことをしてみたい」

きつい眼差《まなざ》しで言い、もし断れば腹でも切りかねない勢いであった。

「そう言うと思い、主水様をお連れしたのです」

「え……」

綾乃が言い、加代が驚いて顔を上げた。

座して見ていた主水も、思いがけない成り行きにムクムクと勃起しはじめた。

「主水様さえご異存なければ」

綾乃が主水を見て言うと、加代も急に緊張したように熱い眼差しを彼に向けてきた。

「ええ、私こそ、お二人がお嫌でなければ」

主水が笑みを浮かべて答えると、綾乃も笑顔で頷いた。どうやら悋気《りんき》など抱かず、分身ともいえる妹分にも快楽のお裾《すそ》分《わ》けをしたいらしい。

「では床を延べて脱ぎましょう」

「あ、綾乃様。急いで身体を流して参りますので……」

綾乃が言うと、加代も激しく狼狽《ろうばい》しながら声を震わせた。

「良いのですよ。主水様も、ありのままの匂いがお好きだから。さあ」

綾乃は言って立ち上がり、手早く布団を敷いて、自分も帯を解きはじめてしまった。

主水は部屋の隅に大小を置くと、裃《かみしも》と袴《はかま》を脱ぎ、帯を解いて着物と襦袢《ジュバン》を脱ぎ去った。

すると加代も、意を決して稽古着と袴を脱いでいった。

足袋《たび》と下帯《したおび》まで取り去り、全裸になると主水は生娘《きむすめ》の体臭の沁み付いた布団に仰向けになった。

もちろん一物《いちもつ》は、期待に激しく突き立っていた。

たちまち加代は汗ばんだ肌を露《あら》わにし、綾乃は振袖《ふりそで》を脱ぎ去り、手早く一糸《いっし》まとわぬ姿になっていった。部屋の中には、二人分の女の生ぬるい体臭が、甘ったるく混じり合って立ち籠めた。

「主水様、先に二人で好きにさせて下さいませ」

綾乃が言い、二人で仰向けの彼の両側に座った。

「肝心なところは最後です。最初は、お乳から。男でも心地よいので」

綾乃は、すっかり彼の性癖が移ったように言い、まずは屈《かが》み込んで彼の乳首にチュッと吸い付いてきた。

すると加代も、恐る恐る顔を寄せ、もう片方の乳首に唇を押しつけてくれた。

「ああ、気持ちいい……」

主水は二人の熱い息で肌をくすぐられながら、左右の乳首を同時に吸われ、舌を這わされて喘《あえ》いだ。加代も、いったん触れたら度胸がついたように、激しく舐め回してきた。

「噛んで……」

身悶《みもだ》えながら言うと、二人も頑丈そうな歯並びでキュッと両の乳首を噛んでくれた。

「あう、いい。もっと強く……」

主水が甘美な刺激に興奮を高めて呻くと、二人も力を強めてキュッキュッと歯を立てた。そして充分に愛撫すると、肌を舐め降り、たまに脇腹にも噛みついて腰から脚を舐め降りていった。

二人は足裏まで舐め、爪先にしゃぶり付いてきた。

「い、いいよ、そんなことしなくても……」

主水は、日頃自分がしているような愛撫をされ、申し訳ない快感に言った。しかし二人は夢中になり、全ての指の股にヌルッと舌を割り込ませてくれた。

「ああ……」

彼は生温かなヌカルミでも踏んでいるような心地で喘ぎ、両足とも美女たちの清らかな唾液にまみれながら舌を挟み付けた。

ようやく口を離すと、綾乃が彼を大股開きにさせ、二人で脚の内側を舐め上げてきたのだ。

内腿にも舌が這い、キュッと綺麗な歯並びが食い込み、やがて股間に二人の熱い息が混じって籠もった。

「先に、ここから」

綾乃が言い、彼の両脚を浮かせると、尻の谷間に舌を這わせてきた。さらにヌルッと舌先が潜り込んできたので、

「く……」

主水は妖《あや》しい快感に呻き、肛門で綾乃の舌を締め付けた。

綾乃も内部で舌を蠢《うごめ》かせてから引き離すと、ためらいなく加代も、姉貴分の唾液のあとをたどるように舌を這わせてきた。

チロチロと肛門に舌が這い、見ていた通り加代もヌルッと潜り込ませると、彼は締め付けながら微妙に異なる感触を味わった。

やはり立て続けだと、温もりや舌の蠢きの違いが分かり、彼はそのどちらにも快感を高めた。

ようやく脚が下ろされると、二人は頬を寄せ合い、同時にふぐりに舌を這わせてきた。睾丸《こうがん》がそれぞれの舌で転がされ、袋全体は美女たちの混じり合った唾液に生温かくまみれた。

「アア……」

主水は股間に二人分の吐息を受けながら喘ぎ、屹立《きつりつ》した一物をヒクヒクと上下

に震わせた。

そしていよいよ二人は舌を引っ込めると身を乗り出し、熱い視線を注いで一物に迫ってきたのだった。

二

「これが男のもの……」

「そうよ、筆なんかよりずっと心地よくて、病みつきになってしまうわ」

加代が初めて見る一物に目を見張って言い、綾乃が答えながら指先で幹を撫《な》で回した。

すると加代も、恐る恐る手を伸ばして触れ、強《こわ》ばった幹や張り詰めた亀頭を次第に遠慮なくいじり回してきた。

やがて綾乃が顔を寄せ、粘液の滲《にじ》む鈴口《すずぐち》をチロチロと舐め回し、亀頭にもしゃぶり付いてきた。

彼女が口を離すと、加代もすぐに舌を這わせ、二人は交互に含んで吸い付き、舌をからめながら濡れた口で摩擦してくれたのだ。

「ああ、気持ちいい……」

主水は、二人がかりの強烈な愛撫により、倍の速さで絶頂を迫らせた。これも二人が代わる代わる含んでくれると、口の温もりや舌の蠢きの微妙な違いがよく分かった。

いつしか二人は同時に亀頭を舐め回し、混じり合った熱い息を彼の股間に籠もらせた。やはり女同士で口吸いもしていたから、互いの舌が触れ合っても嫌ではないようだ。

「い、いきそう……」

「待って、私が先に入れるので」

いよいよ危うくなった主水が呻くと、綾乃が顔を上げて言った。

そして加代も離れたので、綾乃は身を起こして前進し、まるで馬にでも乗るように彼の股間にヒラリと跨《また》がってきた。

二人分の唾液にまみれた先端に割れ目を押し当て、手本を示すようにゆっくりしゃがみ込んで一物を膣口に受け入れていった。

それを横から、加代が息を詰めて覗《のぞ》き込んでいた。

「アアッ……！」

ヌルヌルッと滑《なめ》らかに根元まで納めると、綾乃が顔を仰《の》け反《ぞ》らせて喘いだ。

島田《しまだ》に結っているから、主水も何やら別の女と交わるような気がした。

「入ったわ……」

加代が言い、次は自分の番と思いキラキラと眼を輝かせた。

主水も、綾乃の温もりと感触を嚙み締めながら、膣内でヒクヒクと歓喜に幹を震わせた。

綾乃は彼の胸に両手を突っ張って上体を反らせ、密着した股間をグリグリと擦《こす》りつけ、さらに上下に腰を動かして心地よい摩擦を繰り返しはじめた。

「す、すぐいく……。気持ちいいわ、アアーッ……！」

綾乃は大量の淫水を漏らして喘ぎ、あっという間にガクガクと狂おしい痙攣《けいれん》を起こして気を遣《や》ってしまった。

主水自身も、濡れて締まる肉襞の収縮で揉《も》みくちゃにされながらも、そこは鬼の力で耐えきることが出来た。何しろ次には、また魅惑的な生娘が待っているのである。

「ああ……」

彼が収縮と摩擦にも負けずに我慢していると、綾乃が喘いでグッタリともたれかかってきた。そして荒い息遣《いきづか》いを整える間もなく、ゴロリと寝返りを打って加代のため場所を空けたのである。

加代もすぐに跨がり、綾乃の淫水にまみれて淫らに湯気を立てている一物の先端に割れ目を押し当ててきた。

息を詰めて意を決し、腰を沈ませていくと一物は生娘の膣口を丸く押し広げて潜り込んだ。

「アア……。綾乃様の許婚《いいなずけ》と一つに……」

加代が顔を仰け反らせて喘ぎ、ヌルヌルッと根元まで受け入れていった。

筆を三本入れていた綾乃と違い、加代はやはり肉棒の太さが少し痛いように眉をひそめた。

完全に座り込むと、加代は身を起こしていられず、そのまま身を重ねてきた。

主水は下から両手を回して抱き留め、潜り込むようにして桃色の乳首にチュッと吸い付いた。

稽古直後で、加代の全身は生ぬるい汗にまみれている。

彼は左右の乳首を舌で転がし、張りのある膨《ふく》らみの感触を顔中で味わった。

腋《わき》の下にも鼻を埋《うず》め込むと、生ぬるく湿った和毛《にこげ》には、何とも甘ったるく濃厚な汗の匂いが籠もって鼻腔《びこう》を刺激してきた。

両の乳首と腋の下を味わうと、まだ動かず、彼は隣で余韻に浸っている綾乃の体も引き寄せ、そちらの乳首も充分に含んで舐め回してやった。

「ああ……」

綾乃が喘ぎ、さらに腋の下にも鼻を埋めると、加代ほど濃くないが生ぬるい汗の匂いが鼻腔を掻き回した。

やがて主水は、徐々に股間を突き上げ、何とも心地よい摩擦快感を味わった。

「あう……」

「痛いかな？」

「いいえ、大事ありません……」

訊くと加代は健気《けなげ》に答え、大量の淫水を漏らして動きを滑らかにさせた。

主水もいよいよ快感を高め、次第に勢いを付けて股間を突き上げると、

「アア……、いい気持ち……」

加代も熱く喘ぎ、合わせて腰を遣いはじめたのだった。

彼は下から加代に唇を重ねて舌をからめ、さらに贅沢《ぜいたく》にも綾乃の顔を引き寄せて同時に唇を重ねさせた。

三人が鼻を突き合わせて舌をからめるので、二人の美女の息が彼の顔中を生ぬるく湿らせ、彼は混じり合った唾液をすすって喉を潤《うるお》した。

「い、いきそう……！」

加代が口を離して喘ぎ、膣内の収縮を高まらせた。

やはり生娘といっても菜美ほど無垢《むく》ではなく、指や筆による自慰も知り、何しろ日頃から過酷な稽古に明け暮れているから少々の痛みなど何ほどのこともないのだろう。

加代の喘ぐ口からは、熱く湿り気ある息が洩れ、それは肉桂《にっき》に似た芳香を含んでいた。主水は二人の顔を引き寄せ、加代の肉桂臭と、綾乃の花粉臭の吐息を同時に嗅《か》ぎながら高まっていった。

「い、いく……！」

とうとう主水が昇り詰めて口走り、夢のような快感の中で熱い大量の精汁をドクンドクンと勢いよくほとばしらせてしまった。

「あ、熱い……。ああーッ……！」

噴出を感じると同時に加代も声を上ずらせ、ガクガクと全身を痙攣させはじめた。やはり初回から、綾乃のように気を遣ってしまったようだ。

主水は締まる膣内で心ゆくまで摩擦快感を味わい、最後の一滴まで出し尽くしていった。

満足しながら突き上げを弱めていくと、

「アア……」

加代も声を洩らし、硬直を解いてグッタリともたれかかってきた。

まだ息づいている膣内で彼はヒクヒクと過敏に幹を震わせ、二人分のかぐわしい吐息を嗅ぎながら、うっとりと快感の余韻に浸り込んでいった。

「良かったようだわ……」

隣で綾乃も安心したように言った。

加代は何度か肌を震わせながら、やはり敏感になったように、自分からそろそろと股間を引き離し、綾乃とは反対側にゴロリと横になった。

すると綾乃が移動し、彼女の股間をあらためた。

「やっぱり、私のように血は流れていないわ」

綾乃が言い、すっかり余韻から覚めて新たな淫気を湧かせてきたようだ。

もちろん主水も、二人の美女が相手という、一生のうち滅多にないことなので一度の射精で気が済むはずもなかった。

「ね、今度は私の中でいって……」

綾乃がせがんできたので、主水も回復に努めた。

「では、加代殿が正気に戻ったら、二人の足を私の顔に」

「ええ……」

主水が胸を高鳴らせて言うと、綾乃も気が急《せ》くように加代を揺り起こした。

「起きて、一緒に立つのよ」

言われると、加代も呼吸を整えながら、支えられて身を起こしていった。

さすがに僅《わず》かにしろ、力を含んだ精汁を吸収し、加代も普段以上の力が湧いているようだ。

「さあ、ここに立って足を主水様の顔に」

綾乃が言い、二人は仰向けのままでいる彼の顔の左右に立つと、互いに体を支え合いながら、そろそろと片方の足を浮かせて顔に乗せてきた。

「よ、良いのでしょうか。綾乃様の大切な方にこのような……」

加代がガクガクと脚を震わせながら言いつつ、そっと足裏を当ててくれた。

主水は、二人の美女の足裏を顔中に受け、陶然《とうぜん》となりながら舌を這わせた。

それぞれの足指に鼻を割り込ませて嗅ぐと、どちらも汗と脂《あぶら》に湿り、蒸《む》れた匂いを籠もらせているが、やはり加代の方が濃厚だった。

爪先にしゃぶり付き、指の股にヌルッと舌を潜り込ませると、

「ヒッ……！」

加代が息を呑み、綾乃にしがみついた。彼は二人の爪先を味わい、足を交代させてどちらも味と匂いを貪《むさぼ》り尽くしてしまった。

三

「じゃ、顔を跨いでしゃがんで」

すっかりピンピンに回復した主水が言うと、やはり先に綾乃の方から跨がり、厠に入ったようにしゃがみ込んでくれた。

彼は腰を抱き寄せ、茂みに鼻を擦りつけて生ぬるく蒸れた汗とゆばりの匂いを嗅ぎ、濡れた割れ目に舌を這わせていった。

「アアッ……！」

綾乃が喘ぐと、隣に座り込んでいる加代が息を弾ませて見守った。

主水は匂いを貪り、溢《あふ》れる淫水をすすり、息づく膣口から大きめのオサネまで

舐め上げていった。

「あう、いい気持ち……！」

綾乃が呻き、トロリと新たな蜜汁を漏らしてきた。

さらに彼は尻の真下に潜り込み、顔中に張りのある双丘を受け止めながら、蕾《つぼみ》に鼻を埋めて秘めやかな匂いを嗅ぎ、舌を這わせてヌルッと潜り込ませた。

「く……！」

綾乃が息を詰め、肛門で舌先を締め付けた。

主水は舌を蠢かせて滑らかな粘膜を味わい、やがて舌を引き離すと、すぐに綾乃も股間を引き離していった。

やや尻込みしている加代の手を握って引っ張ると、彼女もそろそろと跨がり、鼻先に陰戸《ほと》を迫らせてきた。さすがに小ぶりの花びらがはみ出し、オサネも綾乃ほど大きくはない。

そして締まりが良いのか、膣口から精汁が洩れてくることもなかった。

主水は楚々《そそ》とした茂みに鼻を埋め、濃厚に蒸れた汗とゆばりの匂いを貪った。

さすがに匂いは濃く、悩ましく鼻腔を刺激してきた。

彼は生娘でなくなったばかりの加代の匂いで胸を満たし、柔肉に舌を這わせていった。

　やはり淡い酸味の蜜汁が溢れ、オサネを舐め上げると、

「アアッ……！」

　加代が熱く喘ぎ、思わず座り込みそうになりながら彼の顔の左右で懸命に両足を踏ん張った。

　主水は味と匂いを堪能し、充分にオサネを舐めてから尻の真下に潜り込み、顔中に双丘を受け止めながら可憐《かれん》な桃色の蕾に鼻を埋め、生々しく蒸れた匂いを貪った。

　舌を這わせ、ヌルッと潜り込ませると、

「あう、駄目……」

　加代が驚いたように呻き、やはり肛門でキュッと舌先を締め付けた。

　主水は舌を蠢かせ、微妙に甘苦い粘膜を味わってから、再び陰戸に戻ってオサネに吸い付いた。

「ま、またいきそう……」

　加代が声を上ずらせ、快楽の波を恐れるようにビクッと股間を引き離してしまった。

それを綾乃が支えたので、いったん主水は身を起こした。

「さて、充分に味わったので、一度身体を流しましょうか」

言って立ち上がると、綾乃も加代を抱き抱えながら、三人で部屋を出た。

裏口から出ると、そこは井戸端で簀《す》の子《こ》が敷かれ、水浴びも出来るよう周囲は葦簀《よしず》に囲われていた。

主水は井戸水を汲《く》んで股間を流し、綾乃と加代も同じように洗った。

もちろん彼自身は、さっきの射精などなかったようにピンピンに勃起している。

主水は簀の子に座り、

「では両側に立って、肩を跨いで下さい」

言うと綾乃に促され、加代と一緒に左右から彼の肩に跨がり、顔に股間を迫らせてくれた。

「ゆばりを放って下さいませ」

「そ、そんな……」

彼の言葉に、加代が声を震わせた。

しかし綾乃が息を詰め、下腹に力を入れはじめたので、加代も慌てて息を詰めて尿意を高めはじめた。後《おく》れを取ると注目されて恥ずかしいし、快楽の余韻に朦朧《もうろう》として、ためらいも吹き飛んでいるようだった。

主水が期待しながら、左右の割れ目を舐め回すと、二人とも新たな淫水を漏らしはじめていた。

「あう、出ます……」

やはり先に綾乃が言い、割れ目を舐めるとチョロチョロと熱い流れがほとばしってきた。淡い味わいと匂いを堪能し、喉に流し込むと甘美な悦《よろこ》びが胸に広がってきた。

「く……」

懸命に尿意を高めて呻くと、ようやく加代の陰戸からもポタポタと熱い雫《しずく》が滴《したた》り、間もなく一条《ひとすじ》の流れとなって彼の肌に注がれてきた。

そちらにも顔を向けて流れを舌に受けると、綾乃より味も匂いもやや濃いが、悩ましく喉を潤してくれた。

「アア……。信じられません、このようなこと……」

「ここだけの秘密ですよ」

加代が言うのに綾乃が答え、やがて二人はほぼ同時に流れを治めた。

主水は交互に割れ目を舐め、残り香の中で舌を這わせた。

「ああ……。も、もう……」

加代が喘いで、ビクリと股間を引き離したので、主水も舌を引っ込めた。

もう一度三人で水を浴び、座り込んでいる加代を立たせ、身体を拭いて部屋に戻った。

主水が布団に仰向けになると、綾乃が一物にしゃぶり付き、充分に唾液に濡らしてくれた。すると加代も一緒になって舌を這わせ、たちまち勃起した一物は二人分の唾液に生温かくまみれた。

やがて左右から二人が挟み付けるように添い寝してくれると、主水は二人の顔を引き寄せ、また三人で執拗《しつよう》に舌をからめ合い、混じり合った吐息でうっとりと鼻腔を満たした。

「いいですか……」

すると綾乃が言って上から跨がり、再びヌルヌルッと根元まで膣口に受け入れていった。

「アアッ……、いい気持ち……」

綾乃がうっとりと喘ぎ、味わうように締め付けながら身を重ねてきた。

彼はまた二人の顔を引き寄せ、

「唾《つば》を出して……」

言うと二人も唇をすぼめて迫り、白っぽく小泡の多い唾液をトロトロと吐き出してくれた。それを口に受け、主水は混じり合った生温かな唾液で喉を潤して酔いしれた。

「顔中もヌルヌルにして……」

さらにせがむと、二人も大胆に舌を這わせ、たちまち彼の顔中は二人の美女の唾液でヌルヌルにまみれた。

混じり合った匂いに高まりながら、ズンズンと股間を突き上げはじめると、

「アア……、またすぐいく……」

綾乃が喘ぎ、腰を上下させながら収縮を活発にさせた。

「わ、私ももう一度いきたい……」

すると加代も、激しく淫気を高めていった。

「いいよ、跨いで。舐めてあげるからいくといい」

主水が言って引き寄せると、加代はためらいなく跨がって陰戸を押しつけた。

やがて綾乃が身を起こすと、向かい合わせになって二人が抱き合った。

加代の股間が反対向きなので、主水が潜り込むようにしてオサネを舐めると、

彼の目の上で桃色の肛門が艶《なま》めかしくヒクヒクと息づいた。

オサネを舐めると淫水の量が増し、

「ンンッ……！」

加代が熱く呻いて尻をくねらせた。どうやら綾乃と口を吸い合い、熱い息を混じらせて舌をからめ合っているようだ。

そんな様子に高まりながら突き上げを強めていくと、

「アア、いく……！」

たちまち綾乃が熱く喘ぎ、ガクガクと痙攣を起こしはじめた。

すると同時に、

「ああ、気持ちいいッ……！」

加代も声を上げ、彼の顔の上で狂おしく身悶えた。

二人が気を遣るのを感じた主水も、続いて摩擦の中で激しく昇り詰め、大きな快感の中で、ありったけの熱い精汁をドクンドクンと勢いよく綾乃の中にほとばしらせたのだった。

「ああ……、すごい……！」

噴出を受けた綾乃が駄目押しの快感に喘ぎ、加代の方は声もなく身を震わせて快感を嚙み締めているようだった。

三人が同時に気を遣り、主水は顔中加代の淫水でヌルヌルになりながら、心置きなく最後の一滴まで出し尽くしていったのだった……。

四

「明日の朝にお暇を頂きます。すぐ婚儀があるので」

夜半、菜美が主水のいる離れへ来て言った。

「そうか、いよいよだな」

「はい。でも主水様も間もなくお嫁さんをもらうとか」

菜美が名残惜《なごりお》しげに言う。互いに許婚のある身で、こうして閨《ねや》をともにするのも最後になるだろう。

主水は激しく淫気を催《もよお》し、寝巻を脱いで布団に行くと、菜美もたちまち全裸になって添い寝してきた。

雪絵は、もう休んだようだ。主水と情交するときは母屋《おもや》が常だし、姫香が雪絵を来ぬよう操作してくれているだろう。

菜美も神妙に身を投げ出したので、主水は薄桃色の乳首に吸い付き、舌で転がしながらもう片方の膨らみを探った。

「アア……」

すぐにも菜美が熱く喘ぎ、クネクネと悶えはじめた。

夫となるのは大人しげな男だというので、ろくに女も知らないだろうし、菜美も利口な子なので、初夜のときは上手《うま》く装うことだろう。

彼は左右の乳首を舐めてから、腋の下にも鼻を埋め、和毛に籠もる甘ったるい汗の匂いに酔いしれた。

そして肌を舐め降り、臍《へそ》を探って腰から脚をたどり、爪先にも鼻を割り込ませて蒸れた匂いを嗅いだ。舌を挿《さ》し入れると汗と脂の湿り気が感じられ、

「あう……！」

菜美がくすぐったそうに呻いて腰をくねらせた。

主水は両足とも全ての指の股を味わい、しゃぶり尽くしてから股を開かせ、脚の内側を舐め上げていった。

白くムッチリと張りのある内腿を舐め、熱気の籠もる股間に迫ると、すでに割れ目は清らかな蜜汁にヌラヌラと潤っていた。

堪《たま》らずに顔を埋め込み、若草に籠もる汗とゆばりの匂いを貪りながら柔肉を舐め回すと、淡い酸味のヌメリですぐにも舌の動きが滑らかになった。

快楽を覚えたばかりの膣口から、潤いを掬《すく》い取りながらオサネまで舐め上げていくと、

「アアッ……、い、いい気持ち……」

菜美が身を反らせて喘ぎ、内腿でキュッときつく彼の顔を挟み付けてきた。

主水は味と匂いを堪能し、さらに両脚を浮かせて尻の谷間にも鼻を埋め込み、蕾に籠もった微香を嗅いだ。

舌を這わせて息づく襞を濡らし、ヌルッと潜り込ませて粘膜を探ると、

「く……」

菜美が呻き、肛門で舌先を締め付けた。

やがて前も後ろも存分に味わい尽くすと、主水は顔を上げて前進し、菜美の胸に跨がり、前屈みになって先端を突き付けた。

すぐに彼女も顔を上げて先端を舐め回し、張り詰めた亀頭をしゃぶった。

熱い息が股間に籠もり、主水は快感に幹をヒクつかせて喉の奥まで押し込み、滑らかな舌の蠢きに高まった。

「ンン……」

菜美も上気した頬をすぼめて吸い付き、生温かな唾液でたっぷりと肉棒を濡らしてくれた。

やがて一物を引き抜いて交代し、菜美の股を開かせて股間を進めた。

初夜では本手《ほんて》（正常位）だろうから、同じにしたのだ。

位置を定めてゆっくり膣口に押し込んでいくと、

「アア……」

菜美が顔を仰け反らせて喘ぎ、彼自身は肉襞の摩擦と締め付けを受けながら、ヌルヌルッと滑らかに根元まで呑み込まれていった。

股間を密着させて身を重ね、肩に手を回してピッタリと唇を重ねていくと、彼女も歯を開いて舌をからめてきた。

滑らかに蠢く舌を味わい、生温かな唾液をすすり、熱い息で鼻腔を湿らせながら、主水は徐々に腰を突き動かしはじめた。

「ああ……、いい気持ち……」

すぐに菜美が口を離して喘ぎ、下からしがみつきながら、ズンズンと股間を突き上げてきた。

たちまち二人の動きが一致し、溢れる淫水で滑らかに律動すると、クチュクチュと湿った摩擦音が聞こえてきた。

収縮も高まり、主水は菜美の吐き出す甘酸っぱい息を嗅ぎながら鼻腔を刺激され、急激に絶頂を迫らせていった。

さらに彼女のぷっくりした唇に鼻を擦りつけ、吐息の匂いに混じって感じられる唾液の香りにも酔いしれ、いつしか股間をぶつけるように激しく動き続けていると、

「い、いっちゃう、気持ちいいわ……。アアーッ……！」

たちまち菜美が声を上ずらせ、ガクガクと狂おしく痙攣し、激しく気を遣ってしまった。

「く……！」

同時に主水も昇り詰めて呻き、快感の中でドクンドクンと勢いよく熱い大量の精汁をほとばしらせた。

「ああ、感じるわ。すごい……」

噴出を受け止めて菜美が口走り、呑み込むようにキュッキュッときつく締め付け続けた。主水も心ゆくまで激しい快感を味わい、最後の一滴まで出し尽くして

いった。

いつしか菜美は強ばりを解いてグッタリと身を投げ出し、心地よさげに目を閉じて荒い息遣いを繰り返していた。

主水も満足しながら動きを止め、まだ収縮する膣内でヒクヒクと過敏に幹を震わせ、美少女の甘酸っぱい吐息を嗅ぎながら、うっとりと快感の余韻に浸り込んでいった。

遠慮なく肌を密着させ、重なったまま荒い呼吸を整えていると、菜美の肩が震えていた。

見ると長い睫毛《まつげ》が熱い涙に濡れているではないか。やはり武家屋敷での奉公が思い出多く、ろくに知らぬ男に嫁《とつ》ぐのに不安があり、何より主水との別れが名残惜しいのだろう。

主水は、彼女の濡れた睫毛にそっと舌を這わせてやった。

菜美の熱い涙は、何やら彼女自身の淫水と同じような舌触りと味わいがしていたのだった……。

五

「三人ではなく、二人だけの秘密を持ちたくて、来てしまいました……」

翌朝、いきなり主水の離れに加代が訪ねてきて言った。

朝餉《あさげ》を終えると、菜美は主水に挨拶《あいさつ》をして屋敷を出ていった。雪絵も、婚儀の手伝いと祝いものを持って一緒に城下へと赴《おもむ》いた。

主水も、まだ登城まで余裕があるので、加代の来訪で急激に淫気を催してしまった。

「何やら、昨日のことが夢のようです。信じられないことばかりで」

綾乃を真似た男装に大小を帯び、加代が大刀を置いて言った。

「ええ、私も間もなく江戸へ行くので、今日は心置きなく二人きりで戯《たわむ》れましょうか」

「構いませんか」

彼が言うと、加代も顔を輝かせて答えた。やはり姉貴分の綾乃が一緒だと、昨日は心強かっただろうが、二人きりの蜜戯も味わいたいようだ。

主水もまた、三人での戯れは夢のように楽しく心地よかったが、やはり秘め事は二人きりで、内緒に行うのが良いのだと実感していた。

「ええ、では脱ぎましょう」

主水が言って布団を敷き直し、手早く脱いでいくと彼女も脇差を置き、袴と着物を脱ぎはじめた。

「アア、綾乃様の許婚と、隠れて会うなんて……」

すでに加代は激しい興奮に包まれているように熱く声を震わせ、やがて一糸まとわぬ姿になっていった。

先に全裸になった主水は布団に仰向けになり、激しく勃起した一物を期待に震わせた。

「では、ここに跨がって座って下さい」

「アア、またそのように、信じられぬことを……」

下腹を指して言うと、加代が早くも気を遣りそうなほど声を上ずらせ、ガクガクと震えながら迫ってきた。

やはり綾乃を敬愛し、誰よりも武士らしく生きようとしているだけに、その夫となる男を跨ぐことに抵抗があり、そのぶん快楽も大きいようだった。

そろそろと彼の下腹に跨がり、加代がそっと腰を下ろしてくると、すでに熱く濡れている陰戸が肌に密着してきた。

「では、両脚を伸ばして私の顔に足裏を」

主水が、両膝を立てて加代を寄りかからせながら足首を摑《つか》んで言うと、

「ああ……」

彼女は熱い喘ぎを洩らし続け、とうとう両脚を伸ばして足裏を主水の顔に乗せてしまった。彼は綾乃に次いで逞《たくま》しい美女の重みを受け、足裏に舌を這い回らせた。

指の股に鼻を押しつけると、今日もそこは生ぬるい汗と脂に湿り、蒸れた匂いが濃く沁み付いて鼻腔を刺激してきた。

彼は両足とも嗅ぎまくり、爪先にしゃぶり付いて順々に全ての指の間に舌を割り込ませて味わった。

「あう……、汚いのに……」

加代が呻き、腰をくねらせるたび濡れた陰戸が下腹に擦りつけられた。

やがて味わい尽くすと彼女の手を握り、

「では顔にしゃがんで」

言いながら引っ張ると、加代も彼の顔の左右に足を置いて前進してきた。

膝が可哀想なほどガクガクと震えているのは、やはり綾乃がいないのに主水としているという禁断の思いが強いからだろう。

やがて顔に跨がってしゃがみ込むと、脹《ふく》ら脛《はぎ》と内腿がムッチリと張り詰め、大量の淫水にまみれた陰戸が鼻先に迫ってきた。

やはり町家の菜美と武家の娘は、真下からの眺めもどことなく違うように感じられた。菜美は畏《おそ》れ多さが大部分で、加代は期待と好奇心、背徳の思いが強いようだ。

腰を抱き寄せて若草の丘に鼻を埋めて嗅ぐと、やはり汗とゆばりの匂いが生ぬるく蒸れ、濃厚に鼻腔を刺激してきた。

主水は充分に胸を満たしながら舌を這わせ、溢れる淫水を舐め取り、膣口からオサネまで舐め上げていった。

「アア……！」

加代が熱く喘ぎ、しゃがみ込んでいられず両膝を左右に突いた。

チロチロとオサネを探るたび、新たな蜜汁が大洪水になってトロトロと滴ってきた。

充分に味わってから、主水は尻の真下に潜り込み、張りのある双丘を顔中に受け止めながら谷間の蕾に鼻を埋めて嗅いだ。

生々しい匂いが蒸れて籠もり、嗅いでから舌を這わせ、ヌルッと潜り込ませると、甘苦く滑らかな粘膜が迎えた。

「く……」

加代が息を詰めて呻き、モグモグと肛門で舌先を締め付けてきた。

彼も充分に内部で舌を蠢かせると、再び陰戸に戻ってヌメリをすすり、オサネに吸い付いた。

「あう、も、もうご勘弁を……！」

加代がビクッと身を震わせ、懇願するように言った。やはりオサネを舐められて果てるより、覚えたばかりの情交で気を遣りたいのだろう。

「じゃ、舐めて濡らして」

舌を引っ込めて仰向けのまま言うと、加代もすぐに移動していった。

大股開きになると加代が真ん中に腹這い、顔を寄せてきた。

主水が両脚を浮かせて抱え、尻を突き出すと、加代も心得たようにチロチロと舌を這わせ、ヌルッと潜り込ませてくれた。

「く、気持ちいい……」

主水は快感に呻き、肛門でキュッと加代の舌先を締め付けた。

彼女が熱い鼻息でふぐりをくすぐりながら舌を蠢かせると、内側から刺激された一物がヒクヒクと上下した。

脚を下ろすと、加代も自然に舌を離し、ふぐりにしゃぶり付いて二つの睾丸を転がしてくれた。

さらに、せがむように幹を震わせると、加代も前進して肉棒の裏側を舐め上げて、滑らかな舌が先端まで達してきた。

そして粘液に濡れた鈴口を舐め回し、張り詰めた亀頭を含み、スッポリと喉の奥まで呑み込んでいった。幹を締め付けて吸い、口の中ではクチュクチュと舌がからみつき、肉棒が清らかな唾液にまみれた。

「ああ。気持ちいいよ、すごく……」

主水が言いながら、小刻みに股間を突き動かすと、

「ンン……」

彼女も顔を上下させ、スポスポと摩擦してくれた。

「いいよ、跨いで入れて……」

やがて充分に高まって言うと、加代もチュパッと口を離して身を起こし、前進して跨がってきた。幹に指を添え、先端に陰戸を押しつけ、期待と緊張に息を震わせながら、ゆっくり腰を沈み込ませていった。

張り詰めた亀頭が潜り込むと、あとはヌルヌルッと滑らかに膣内に納まり、互いの股間がピッタリと密着した。

「アア……」

加代が顔を仰け反らせて喘ぎ、主水も肉襞の摩擦と温もりに包まれて快感を高めていった。

両手を伸ばして抱き寄せると、彼女も身を重ねてきた。主水は潜り込むようにして左右の乳首を含んで舐め回し、顔中で膨らみの張りを味わった。

「ああ……、いい気持ち……」

加代が膣内を収縮させて喘いだ。今日は二度目だから、乳首への反応もあり、舐めるたびヒクヒクと肌が波打った。

彼は両の乳首を交互に吸い、腋の下にも鼻を埋め込み、生ぬるく湿った和毛に籠もる甘ったるく濃い汗の匂いに噎《む》せ返った。

やがて快感に任せ、彼がズンズンと小刻みに股間を突き上げると、

「アア……、い、いきそう……」

加代が収縮を強めて喘ぎ、合わせて腰を遣いはじめた。

主水が加代の顔を抱き寄せて唇を重ね、舌を挿し入れて滑らかな歯並びを舐めると、彼女も歯を開いて舌をからめてくれた。

「もっと唾を垂らして」

口を触れ合わせたまま囁《ささや》くと、彼女も懸命に唾液を分泌させ、クチュッと口移しに注ぎ込んでくれた。

彼は味わい、うっとりと喉を潤しながら突き上げを強めていった。

「顔にも強く吐きかけて」

「そ、それは無理です。綾乃様の旦那《だんな》様になる方に……」

「どうせ二人だけの秘密なのだから」

言うと、加代は少しためらったが、足指から陰戸、尻まで舐められたのだし、昨日はゆばりまで放ったのだからと、意を決したようだ。

唇に唾液を溜めて息を吸い込み、信じられない行為に眉をひそめながら、強くペッと吐きかけてくれた。

「ああ、もっと強く……」

主水がせがむと、さらに強く彼女が吐きかけ、彼は鼻筋に生温かな唾液の固まりを受け、悩ましい肉桂臭の吐息を嗅ぎながら激しく高まった。

「アア、このようなこと……」

加代も息を震わせながら収縮を強め、ガクガクと小刻みな痙攣を開始した。

もう堪らず、主水は加代の唾液と吐息を味わいながら突き上げを続け、とうとう昇り詰めてしまった。

「い、いく……！」

突き上がる大きな絶頂の快感に口走り、熱い大量の精汁をドクンドクンと勢いよく内部にほとばしらせると、

「き、気持ちいい。アアーッ……！」

噴出を感じた途端に加代も気を遣り、熱く声を上げながら狂おしい痙攣を繰り返した。

主水は摩擦快感に酔いしれながら、心置きなく最後の一滴まで出し尽くし、徐々に突き上げを弱めていった。

「ああ……」

すると加代も力尽きて声を洩らし、グッタリと身体を預けてきた。

主水は重みと温もりを受け止め、まだ収縮する膣内に刺激され、ヒクヒクと幹を過敏に震わせた。

「あう……、もう堪忍《かんにん》……」

加代も敏感になって呻き、何度も肌を波打たせた。

彼は加代のかぐわしい吐息を嗅ぎながら、うっとりと快感の余韻を味わった。

「ああ……、初めて綾乃様に言えない秘密を持ってしまいました……」

加代が荒い息遣いで囁き、なかなか離れようとせず、主水も完全に萎《な》えるまでそのままでいてやったのだった。

ようやく呼吸を整えると、加代がそろそろと股間を引き離して横になり、少し休んでから身を起こし、懐紙《かいし》で丁寧に一物を拭《ぬぐ》ってくれた。

「ああ、裏の井戸を使うといいです。私は、義母上《ははうえ》が戻ったら、入れ替わりに登城しますので」

「はい、では急ぎませんと……」

我に返った加代は言い、襦袢だけ持って部屋を出て行った。

雪絵も、菜美の婚儀に最後までいるわけではないから、間もなく帰ってくることだろう。

やがて加代が戻って身繕《みづくろ》いをし、主水も軽く流してから着替えた。

加代は大小を帯び、すっきりしたような、あるいは背徳の思いを抱えたような複雑な顔つきで帰っていった。

そしてカチ合うこともなく、間もなく無事に雪絵が戻ってくると、主水は裃に身を包み、登城していったのだった。

第六章　道中にて秘密の快楽を

一

（ああ、とうとう妻を持つ身になったのだな……）

婚儀の日、主水は綿帽子の花嫁衣装を身にまとった綾乃を見て感慨に耽《ふけ》った。

ついこの間までは、役目といえば父の手伝いぐらいで、将来を案じていたのだが、これら全ての幸運は亡き主膳と、姫香のおかげであった。

当日は、主君正隆から祝いの品が贈られ、大目付や主水の両親から兄夫婦、宗庵に賄《まかな》い方や御台所方の面々も出席し、新妻の菜美や新警護役の加代までも手伝いに来てくれていた。

むろん皆には姿が見えないが、姫香も主水のそばにいて、楽しげに宴席を見回していた。

やがて大目付が高砂《たかさご》を謡《うた》い、あとはざっくばらんに飲食して宴《うたげ》を終えたのだった。客が帰り片付けが済むと、主水と綾乃は入浴し、寝所に入った。

「どうか、よろしくお願い申し上げます」

綾乃は、寝巻姿で恭《うやうや》しく言った。身も心も、生娘《きむすめ》に戻ったように初々《ういうい》しく、彼も激しく勃起した。

男装の姿が懐かしいが、もう綾乃は大小を帯びることもせず、髪を結って見違えるほど女らしくなっていた。剣術指南も警護役も、全て加代に引き継がせたのだし、主水が江戸へ発《た》ってからは、雪絵と二人女同士、慎《つつ》ましやかな暮らしが待っているのである。

まだまだ熟れた淫気を抱えている雪絵は複雑な心持ちかも知れないが、そこはけじめを付け、綾乃の良き姑《しゅうとめ》になろうと努めるのだろう。

しかし主水は良い折があれば、また義母とも情交したいと思っていた。

「こちらこそ。まるで夢のようです」

主水は答え、やがて寝巻を脱ぐと綾乃も全裸になり、淑《しと》やかに横になった。

白い乳房に迫るとほのかに湯上がりの香りがし、ナマの体臭が感じられないのが物足りなかったが、初夜ぐらいは仕方がないだろう。

乳首に吸い付いて舌で転がし、もう片方にも手を這わせて探ると、

「アア……」

綾乃がビクリと肌を震わせ、まるで初めてのようにか細い喘《あえ》ぎ声を洩らした。

主水は左右の乳首を含んで舐め回し、滑《なめ》らかな肌を舐め降りていった。

臍《へそ》を探って張り詰めた下腹に顔を押しつけると、相変わらず逞《たくま》しい弾力だけは以前のままである。

どうせどこも蒸《む》れた匂いはしないだろうから、足指への愛撫は省略し、彼はいきなり綾乃の股を開かせ、股間に顔を埋《うず》め込んでいった。

「あう……」

綾乃が小さく呻《うめ》き、白い下腹をヒクヒク波打たせた。

舌を這わせると、そこはすでに驚くほど大量の熱い淫水が溢《あふ》れているではないか。やはり彼女も、妻となった最初の夜ということで言いようのない思い入れがあるのだろう。

彼は生ぬるく淡い酸味のヌメリをすすり、オサネを舐め回した。

「ああ……。お願い、来て。旦那《だんな》様……」

綾乃が言った。彼女も今宵《こよい》は多くの愛撫より早く交接したいようだった。

やがて主水は身を起こし、股間を進めていった。

通常の武士ならば、陰戸《ほと》すら舐めずにすぐ挿入してしまうのだろう。

勃起した幹に指を添え、濡れた陰戸に先端を擦《こす》りつけて潤《うるお》いを与えながら位置を定めると、彼はゆっくり挿入していった。

ヌメリが充分なので、一物《いちもつ》は内壁を擦りながらヌルヌルッと滑らかに根元まで呑み込まれた。

「アアッ……！」

綾乃が顔を仰《の》け反《ぞ》らせて喘ぎ、主水も股間を密着させ、脚を伸ばして身を重ねていった。

すると綾乃が下から激しく両手でしがみついてきた。

彼は温もりと感触を味わい、上から唇を重ねて舌をからめた。

「ンン……」

綾乃が呻き、チロチロと舌を蠢《うごめ》かせ、彼も滑らかな唾液の潤いを味わった。

（ね、孕《はら》ませる？）

そのとき、姫香の声が耳の奥に響いてきた。

（そうだな。江戸から帰ったとき子がいるのも良いかも知れない）

主水は答えた。綾乃も、快楽以上に早く跡継ぎを作ることを使命としていることだろうし、雪絵も安心したいだろう。

すると姫香は本手《ほんて》（正常位）で交わっている彼の後ろから顔を寄せ、肛門にヌルッと舌を潜り込ませてきたのだ。

「く……」

主水は妖《あや》しい快感に呻いた。姫香は筒状に丸めた舌から、生温かな唾液を注いできた。まるで美女の舌に後ろから犯されているようだ。

唾液が注入されても便意を催《もよお》すようなことはなく、すぐに鬼の気が吸収されていった。

孕むよう念じれば良いというものではなく、姫香の手助けが必要なようだ。

主水が腰を突き動かしはじめると、

「アアッ……！」

綾乃が口を離して熱く喘いだ。そして抽送を速めていくと、姫香も舌を出し入れするよう動かしはじめた。

彼は綾乃の、花粉に似た匂いを含む熱く湿り気ある吐息に刺激されながら急激に高まっていった。

そして入れながら入れられるという妖しい快感に、すぐにも主水は昇り詰めてしまったのだった。

「い、いく……」

突き上がる快感に呻くと同時に、ありったけの熱い精汁をドクンドクンと勢いよく柔肉の奥にほとばしらせた。

「あう、すごい……」

綾乃も噴出を感じると身を反らせて収縮を高め、ガクガクと狂おしく痙攣《けいれん》しながら激しく気を遣《や》ってしまった。

主水は心ゆくまで快感を嚙み締め、最後の一滴まで出し尽くした。

徐々に動きを弱めていくと姫香もヌルッと舌を引き抜き、

「ああ……」

綾乃も満足げに声を洩らし、強《こわ》ばりを解いて身を投げ出していった。

重なったまま主水は収縮に身を委《ゆだ》ね、ヒクヒクと過敏に幹を震わせながら、新妻の熱く甘い吐息を嗅いでうっとりと余韻を味わった。

「何やら、子を孕んだ気がします……」

綾乃が女の勘か、命中したことを確信したように囁《ささや》いた。

「そう……」

「だったら、嬉《うれ》しいです……」

綾乃が言って熱い息遣《いきづか》いを繰り返し、主水も呼吸を整えながら、いつまでも重なっていたのだった……。

二

「これが仏《ほとけ》の座《ざ》、隣が福寿草《ふくじゆそう》です」

翌朝、山を歩きながら雪絵が綾乃に教えていた。

婚儀を済ませると、山に入って薬草の新芽を摘《つ》んで歩くのが阿部家の習わしらしい。

主水も一緒に歩いたが、彼は姫香の力で全ての草花の名や効用が分かった。

風はすっかり春めいてきたが、まだ山に入るとあちこちに残雪があった。

綾乃はともかく、雪絵も山歩きに慣れているようで、主水は風下に漂う二人分の甘ったるい匂いにうっとりとなった。

そのとき、足早に草を掻き分ける足音が聞こえてきた。

「主水！　真剣で立ち合え！」

見ると、襷《たすき》に鉢巻をした真鍋作之進ではないか。どうやら、あれからずっと主水に恨みを抱き続けていたらしい。

「な、何用です、いきなり……」

雪絵が眉を険《けわ》しくして言ったが、

「義母上《ははうえ》、大丈夫です。主水様にお任せを」

綾乃が宥《なだ》めるように言い、姑を支えて少し下がった。

主水も作之進に対峙《たいじ》したが、元より足場がどうだろうと関係ない。

「抜け！」

「無理でしょう。あなたの腕では」

「黙れ！　袋竹刀《ふくろしない》とはわけが違うぞ」

作之進は言って抜刀し、悪くても相討ちを狙おうと、右肩上がりの八相《はっそう》に身構えた。

「では、どうぞ、いつでも」

主水は、両手を下げたまま答えた。

「おのれ、愚弄《ぐろう》するか！」

作之進は素早く間合いを詰めて怒鳴り、体当たりするほど激しい勢いで袈裟《けさ》に斬《き》りかかってきた。

主水も素早く抜刀して弾き返すと、火花が散って作之進の得物《えもの》が宙高く舞い上がった。

主水は目にも止まらぬ速さで納刀して、落下する大刀の柄《つか》を発止《はっし》と摑《つか》み、くるりと一回転させて逆手に握るといきなり投げつけた。

すると作之進の鯉口《こいぐち》に切っ先が入り、そのままパチーンと鍔鳴《つばな》りをさせて納まったのだった。

「く……！」

あまりの早業に作之進は呻き、納刀の勢いのまま尻餅《しりもち》を突いた。

雪絵は呆然《ぼうぜん》とし、綾乃は神業に頰を上気させ息を弾ませていた。

「も、もう、俺は……」

作之進は戦意を喪《うしな》ったまま呟《つぶや》き、いきなり正座すると脇差に手をかけた。腹でも切ろうというのだろう。

「お待ちなさい！」

大音声《だいおんじょう》に怒鳴りつけたのは、雪絵であった。

その激しい声に、思わず作之進もビクリと顔を上げた。

「殿に救われた命、無駄にするおつもりですか。役職がなければ、私を手伝いなさい。主水殿が江戸へ行ってからは人手が要ります。一から薬草を叩き込むので毎日通いなさい！」

その迫力に、作之進も柄から手を離し、両手を突いて頭を下げた。

「ゆ、雪絵様、主膳様のこと、申し訳ありませんでした。このような私に、お手伝いをさせてくれるのですか……」

「そうです。御台所方の下積みなら薬草の知識も大切でしょう」

雪絵が言い、主水は彼女の度量の広さと深さに感服した。

「わ、分かりました。心を入れ替えて一から修行をしますので、よろしくお願い申し上げます……」

作之進は神妙に答え、フラつきながら立ち上がった。

「もう大丈夫でしょう。私が屋敷までお送りするので、新芽のご教授はまた明日にでも」

綾乃が気を利かせて言うと、雪絵も頷《うなず》いた。そして綾乃は、腑《ふ》抜《ぬ》けになっている作之進を支えながら山を下りていったのだった。

「ああ、恐かった……」

下りてゆく二人が見えなくなると、雪絵が言ってよろめいたので、急いで主水が支えた。

「お見事な一喝《いっかつ》でした」

「いいえ、主水殿の手並みこそ、夢でも見ているようです……」

雪絵が答え、甘ったるい匂いを揺らめかせた。

主水も急激な淫気に、思わず唇を重ねてしまった。

「ンン……」

雪絵も熱く鼻を鳴らしてしがみつき、ネットリと舌をからめてきた。

野山の香りの中、湿り気ある吐息の白粉《おしろい》臭に鼻腔《びこう》を刺激され、彼自身は痛いほど激しく突っ張ってしまった。

主水は義母の唾液と吐息を充分に味わってから、ようやく唇を離した。

「アア……、間もなく江戸へ発ってしまうのでお名残惜《なごりお》しい。家では出来ないので、どうかここで……」

雪絵が熱く囁いて新芽を摘んだ籠を置くと、立ったまま大胆に裾《すそ》をからげてしまった。主水も草に膝を突き、襦袢《ジュバン》と腰巻を掻き分けて股間に顔を埋め込んでいった。

柔らかな茂みに鼻を擦りつけて嗅ぐと、生ぬるく蒸れた汗とゆばりの匂いが悩ましく鼻腔を刺激し、彼は割れ目を舐め回しはじめた。

膣口を舐め回すたび、みるみる熱い淫水が溢れて舌の動きが滑らかになっていった。

オサネまで舐め上げると、

「アア……、いい気持ち……。私にも……」

雪絵が喘ぎ、ガクガクと膝を震わせるので、彼も舌を這わせながら大小を鞘《さや》ぐるみ抜いて置き、袴《はかま》の前紐《まえひも》を解いた。

そして充分に熟れた陰戸の味と匂いを堪能してから立ち上がり、袴を下ろし裾をからげ、下帯《したおび》を解いて勃起した一物を露《あら》わにした。

すると入れ替わりに雪絵がしゃがみ込み、先端を舐め回し、張り詰めた亀頭にしゃぶり付いてきた。主水は、薄寒い山中で一物のみが温かな口腔に包まれ、うっとりと快感を嚙み締めて幹を震わせた。

雪絵も念入りに舌をからめ、スッポリと根元まで吞み込んで吸い付き、顔を前後させ、貪《むさぼ》るように濡れた口で摩擦してくれた。

やがて充分に唾液にまみれさせると、スポンと口を離して立ち上がり、雪絵は背を向けて木立の幹にしがみつき、彼の方に尻を突き出してきた。

また主水はしゃがみ込み、完全に裾をめくって白く豊満な尻を丸出しにさせ、谷間に鼻を埋め込んでいった。

野山の緑の中で、白い尻が迫るのは何とも艶《なま》めかしい。

谷間の蕾《つぼみ》に鼻を埋め、生々しく秘めやかな匂いで鼻腔を刺激され、彼は執拗《しつよう》に舐め回し、ヌルッと舌を潜り込ませた。

「あう、そのようなことはいいから……」

早く入れて欲しいように尻をくねらせたが、主水は念入りに滑らかな粘膜を味わった。

見ると陰戸から溢れる淫水が、ムッチリした内腿にも流れはじめていた。

ようやく顔を引き離し、身を起こした彼は勃起した一物を雪絵の後ろから迫らせていった。

先端を膣口に押し当て、ゆっくりヌルヌルッと潜り込ませていくと、

「アアッ……、すごい……」

雪絵が根元まで受け入れ、熱く喘ぎながらキュッと締め付けてきた。

主水は温かな膣内で幹を震わせて快感を嚙み締め、股間に当たって弾む尻の弾力に陶然《とうぜん》となった。

「つ、突いて、強く何度も奥まで……」

雪絵がクネクネと尻を蠢かせ、彼自身を締め付けながらせがんだ。

実際そう長く立っていられないのだろう。

主水も腰を抱え、ズンズンと最初から勢いを付けて律動をはじめると、溢れる淫水にすぐにも動きが滑らかになっていった。

クチュクチュと淫らに湿った摩擦音が響き、雪絵も必死に幹にしがみつきながら尻を突き出し、収縮を高めた。

「い、いきそう……。もっと……！」

白い息を弾ませて喘ぎ、主水も股間をぶつけるように突き動かすうち、あっという間に昇り詰めてしまった。

「く……！」

呻きながら熱い精汁を勢いよく注入すると、

「あ、熱いわ、いく……。アアーッ……！」

雪絵も噴出を感じた途端、喘ぎながら気を遣った。

立っていられないほどガクガクと痙攣する中に、主水は心置きなく最後の一滴まで出し尽くし、すっかり満足しながら動きを弱めていった。

「ああ……」

雪絵も満足げに声を洩らし、熟れ肌の強ばりを解いて荒い呼吸を繰り返した。

主水は内部でヒクヒクと幹を過敏に震わせて余韻を味わってから、尻を抱えながらそそろと引き抜いていった。

「あう……」

支えを失ったように呻き、彼女はクタクタと座り込んでしまった。

主水は懐紙《かいし》を出し、裾の内側を汚さぬよう手早く陰戸を拭《ぬぐ》ってやると、雪絵も顔を寄せ、淫水と精汁にまみれて湯気の立つ一物に口を寄せてきた。

濡れた先端にヌラヌラと舌を這わせ、スッポリ含んでヌメリをすすった。

「アア、も、もう結構です。有難うございました……」

主水は腰をくねらせて言い、ようやく雪絵が口を離すと、手早く下帯を整えて裾を直し、袴を穿《は》いた。

雪絵も息遣いを整え、主水に支えられながら起き上がると裾を直し、彼も着物についた草を払ってやった。

「さあ、今日のところは戻りましょうか」

大小を帯びた主水が言うと、雪絵も髪を直し、薬草を摘んだ籠を抱えて一緒に山を下りていったのだった。

三

「では、行ってらっしゃいませ」

朝、主水は雪絵と綾乃に見送られ、旅支度で家を出た。

これで一年の別れであり、来年戻ったときには綾乃にも子が出来ていることだろう。

「お江戸へ行けるの嬉しい」

主水の傍《かたわ》らで、姫香が跳ねるように浮かれて言った。やはり鬼たちにとっても江戸は憧《あこが》れの場所なのだろう。

主水は手甲《てっこう》に柄袋、荷を斜めに背負い笠を持って登城した。

すでに仕度は調《ととの》い、正隆と小夜のため二挺《にちょう》の乗物も用意されていた。江戸行きの藩士たちも揃っている。

「あとは儂《わし》がいるからな、心置きなく江戸で勤めるが良い」

宗庵が言い、頼もしげな眼差《まなざ》しで見送ってくれた。

そして賄い方の実父や兄、片隅では台所方の真鍋作之進も小さくなりながら、そっと主水に頭を下げた。

やがて一行は城を出た。半月前に嫁《とつ》いできた正室の小夜は、このまま戻らず江戸屋敷に常住となる。

「主水、そばにいてくれ」

正隆に言われ、主水も主君の乗物の傍らについて歩いた。

小夜の乗物の傍らには、男装の凛々《りり》しい加代がついた。やはり新たな警護役として、加代も江戸行きに加わることになったのである。

すでに情交している加代の参加に、留守を任されている綾乃は複雑な気持ちだろうが、あるいは気持ちを切り替え、孕んだであろう腹を大切にしているに違いなかった。

一行は水戸《みと》街道を南下し、陣屋敷は牛久《うしく》と松戸《まつど》で、江戸まで二泊三日の旅であった。

行列は土浦《つちうら》で昼餉《ひるげ》の休憩を取り、難なく牛久に到着し、陣屋敷に入った。

他の藩士たちと違い、主水は別格であるから正隆に近い部屋が与えられた。

正隆と小夜、重役と主水が順々に入浴を済ませて夕餉になり、あとの藩士たちは入れ替わりに入浴と夕餉を済ませて、明日のため酒は出ず、みな早めに床に就《つ》いたのだった。

「正室が主水を求めているわ」

主水が部屋で寝巻に着替えると、姫香が出てきて言った。

「え？　疲れただろうに、まだ寝ていないのか」

彼は驚いて答えた。乗物というのは、ただ座っているだけで楽かと思うが、実際は紐に摑まって体を支え、ときに揺れに合わせて腰を浮かせるのでかなりの重労働なのである。

「殿様よりずっと元気。私は、誰も来ないようにしておくから」

「そうか、分かった」

主水も淫気を催して答え、すぐにも部屋を出て小夜の寝所へと向かった。

もちろんまだ起きている藩士も多いが、彼は誰とも出会わず、難なく部屋に入ることが出来たのである。

「おお、主水か、嬉しい……」

寝巻姿で一人きりの小夜が、顔を輝かせて言った。

すでに室内には、生ぬるく甘ったるい匂いが立ち籠めている。

「さ、早《はよ》う。呼ばぬかぎりここへは誰も来ぬ」

小夜が言い、すぐにも寝巻を脱いでいった。それでなくとも姫香が付いているから、誰かが来ることは絶対にない。

主水も寝巻を脱ぎ去り、互いに全裸になって布団に迫った。

どうせ湯上がりだから足指の蒸れた匂いもないので、いきなり彼は小夜の股を開かせて顔を埋め込んでいった。

「アア……、何と心地よい……」

小夜も、あれからずっと主水に会いたかったようで、少しオサネを舐めただけで激しく喘ぎ、大量の淫水を漏らしてきた。

彼は茂みに籠もる湯上がりの匂いと、ほんの少し残っている小夜本来の体臭を貪るように嗅ぎながら、淡い酸味のヌメリをすすり、執拗に膣口の襞とオサネを舐め回した。

「あう、主水。私にも……」

小夜が声を上ずらせ、腰をよじりながら身を起こしてきた。

やはり舌の愛撫だけで、早々と気を遣るのは嫌だったのだろう。

主水も股間から離れて添い寝すると、小夜が身を起こして彼の股間に腹這い、尻に顔を寄せてきた。

彼が仰向けになると、小夜は両脚を浮かせて尻から舐めてくれたのだ。

「ああ……」

受け身になり、主水も妖しい快感に喘いだ。

小夜はチロチロと肛門を舐め回し、襞を濡らしてヌルッと潜り込ませ、彼も締め付けて正室の舌先を味わった。

脚を下ろすと彼女はふぐりを舐め回し、睾丸《こうがん》を転がして股間に熱い息を籠もらせてから、肉棒の裏側を舐め上げてきた。

滑らかな舌が裏筋をたどり、粘液の滲《にじ》む鈴口《すずぐち》を舐め、小さな口を精一杯丸く開いてスッポリと呑み込んでいった。

喉の奥まで含まれ、主水は畏《おそ》れ多い快感に胸を震わせ、彼女の口の中でヒクヒクと幹を上下させた。

「ンン……」

小夜は舌をからめて小さく呻き、顔を上下させスポスポと摩擦してくれた。

「ああ、どうか、もう……」

主水が急激に高まって言うと、小夜もチュパッと口を離して顔を上げ、自分から前進して跨《また》がってきた。

先端に割れ目を押し当て、期待に息を弾ませながらゆっくり腰を沈めていくと屹立《きつりつ》した彼自身はヌルヌルッと根元まで嵌《は》まり込んでいった。

「アア……、すごい……」

小夜が完全に座り込み、顔を仰け反らせて喘いだ。

主水も肉襞の摩擦ときつい締め付け、熱いほどの温もりと潤いを感じながら幹を震わせた。

彼女はピッタリと密着した股間をグリグリと擦りつけるように動かし、すぐに身を重ねてきた。

主水も僅《わず》かに両膝を立てて尻を支え、下から両手を回して抱き留めた。

潜り込むようにして薄桃色の乳首を舐め回し、顔中に張りのある膨《ふく》らみを受け止めた。

「つ、突いて。主水……」

小夜が言い、先に腰を動かしてきた。

主水も左右の乳首を味わいながらズンズンと股間を突き上げると、

「ああ……、もっと強く……」

彼女が熱く喘ぎ、収縮を活発にさせていった。

主水は次第に勢いを付けて動き、小夜の白い首筋を舐め上げ、唇を重ねて舌を挿《さ》し入れた。

溢れる淫水がふぐりの脇を伝い流れ、彼の肛門まで生ぬるく濡らしながら、動きに合わせてピチャクチャと淫らな音が聞こえてきた。

滑らかな歯並びを舐め、開いた歯の奥へ潜り込むと、小夜も熱い息を弾ませてチロチロと滑らかに舌をからめてくれた。

「どうか、もっと唾《つば》を……」

囁くと、小夜も懸命に分泌させてトロトロと生温かな唾液を注いでくれ、彼は味わいながらうっとりと喉を潤した。

「アア……、体が浮くような……」

小夜が口を離して喘ぎ、膣内を締め付けて彼自身を奥へ奥へと引き込むような蠢動《しゅんどう》が繰り返された。

小夜の吐息は甘酸っぱい芳香が含まれ、悩ましく鼻腔が刺激された。

「どうか、顔中も唾で……」

高まりながらせがむと、小夜も大胆に舌を這わせ、彼の鼻の穴から鼻筋、頬から瞼《まぶた》まで清らかな唾液でヌルヌルにまみれさせてくれた。

「アア、いく……！」

とうとう主水は絶頂の快感に全身を貫かれて喘ぎ、ありったけの熱い精汁をドクンドクンと勢いよくほとばしらせた。

「な、何と良い……。あああーッ……！」

小夜も噴出を受けて気を遣り、声を上ずらせて喘ぎながらガクガクと狂おしい痙攣を繰り返した。

主水は心ゆくまで溶けてしまいそうな快感を嚙み締め、最後の一滴まで出し尽くしていった。

満足しながら徐々に突き上げを弱めていくと、

「ああ……、主水。すごく良かった……」

小夜も声を洩らし、肌の硬直を解いてグッタリと身を投げ出していった。

まだ膣内がキュッキュッと収縮し、刺激された幹がヒクヒクと過敏に内部で跳ね上がった。

主水は小夜の吐き出す果実臭の息を胸いっぱいに嗅ぎながら、うっとりと快感の余韻に浸り込んでいったのだった。

四

（さあ、いよいよ明日は江戸だな……）

二日目の夜、主水は松戸の陣屋敷の部屋に入って思った。

今朝は牛久の宿を出ると、常陸国から下総国《しもうさのくに》に入り、昼餉を我孫子《あびこ》で済ませてから順調に松戸に来たのだった。

風呂と夕餉を終えると、今宵は旅に慣れてきたか、正隆は寝所に小夜を呼んで一緒に過ごしているようだ。

主水も寝ようとして厠《かわや》へ行くと、帰りの廊下に加代がいた。

「着替えて休まないのですか」

彼は、甘ったるい匂いを濃く漂わせている加代に言った。

「ええ、警護役ですので寝ずに」

加代が、疲労の色を見せて重々しく答える。

どうやら食事も急いで済ませ、城を出てから風呂にも入らず、座したまま少しまどろんでいただけらしい。

「そんな釈迦力《しゃかりき》に気を張るものじゃありません。新たな警護役になったとはいえ体を休ませるのもお役目なのだから」

「ええ、分かっているのですが……」

「とにかく、今宵は殿と小夜様がご一緒なのだから、お部屋の前を離れても大丈夫ですよ。私の部屋へどうぞ」

主水が加代の濃厚な匂いに淫気を湧かせながら言うと、彼女も頷いて素直に従ってきた。

「まずは脱ぎましょう。ここへは誰も来ないので」

「はい、では……」

加代も答え、部屋の隅に大小を置くと袴を脱ぎ、着物と襦袢、足袋《たび》まで脱いでいった。

さらに濃い匂いが甘ったるく揺らめき、彼は激しく勃起しながら全裸になり、同じく一糸《いっし》まとわぬ姿になった加代を布団に横たえた。

「さあ、うんと気を遣って眠れば、明日は生き返った心地になりますからね」

主水は言い、仰向けの彼女の足裏に舌を這わせていった。

「あう……、よ、汚れていますので、すぐ交接して頂く方が……」

加代は言ったが、いったん身を投げ出すともう拒《こば》む気力も失ったようで、主水のされるままになっていった。

指の股に鼻を割り込ませて嗅ぐと、そこは今までで一番濃厚に蒸れた匂いが沁み付き、鼻腔を悩ましく刺激してきた。

主水は匂いを貪ってから舌を挿し入れ、生ぬるい汗と脂《あぶら》の湿り気を味わい、両足とも全ての指の股を堪能してしまった。

「アア……」

加代も熱く喘いでクネクネと身悶《みもだ》え、極度の疲労に包まれているが頭は冴《さ》えきっているようだった。

やがて股を開かせ、脚の内側を舐め上げていった。

張りのある白い内腿を舌で通過すると、股間に籠もる熱気と湿り気が彼の顔中を包み込んできた。

「あう、恥ずかしい……」

蒸れていることを承知している加代が、生娘のように羞恥に声を震わせた。

はみ出した陰唇を指で広げて中を見ると、快楽を覚えはじめた膣口が妖しく息づき、襞は白っぽく濁《にご》った淫水にネットリと潤っていた。

堪《たま》らず恥毛に鼻を埋め、擦りつけて隅々に沁み付いた匂いを嗅ぐと、濃厚に蒸れた汗とゆばりの匂いが籠もっていた。

柔肉を舐めると淡い酸味のヌメリが舌の動きを滑らかにさせ、彼は膣口を掻き回してからオサネまで舐め上げていった。

「あぁッ……。よ、良いのですか、本当に……」

加代がビクッと顔を仰け反らせて喘ぎ、言葉とは裏腹に、内腿でムッチリと彼の両頬を挟み付けてきた。

主水は腰を抱えて執拗にチロチロとオサネを舐めては、新たに溢れてくる蜜汁をすすった。

味と匂いを充分に貪ってから彼女の両脚を浮かせ、尻の谷間に鼻を埋めると、桃色の蕾にも濃厚な匂いが蒸れ、生々しく沁み付いて鼻腔が刺激された。

舌を這わせ、ヌルッと潜り込ませると、

「あう……、ご勘弁を……」

加代が呻き、キュッときつく肛門で舌先を締め付けてきた。

主水は中で舌を蠢かせて滑らかな粘膜を探り、微妙に甘苦い味わいを執拗に貪ったのだった。

「ど、どうか、私にも……」

加代がせがむので、ようやく主水も彼女の前と後ろを味わい尽くして身を起こし、前進して胸に跨がった。そして急角度にそそり立つ幹に指を添えて下向きにさせ、先端を鼻先に突き付けた。

すぐにも加代が顔を上げて亀頭にしゃぶり付き、モグモグとたぐるように根元まで呑み込んでいった。

彼は前に両手を突いて覆《おお》いかぶさり、生温かく濡れた口の中でヒクヒクと幹を震わせて快感を味わった。

「ンン……」

加代も熱く鼻を鳴らして吸い付き、クチュクチュと舌をからめてくれた。

そして息苦しくなると口を離し、真下からふぐりにしゃぶり付き、彼の尻の谷間まで舐め回し、ヌルッと潜り込ませてきた。

「く……」

主水は妖しい快感に呻き、肛門でキュッと加代の舌先を締め付けた。

彼女も舌を蠢かせてから、再びふぐりの縫い目を舐めて通過し、一物にしゃぶり付いた。

やがて彼も充分に高まると、生温かな唾液に濡れた一物を引き抜き、加代の股間に戻っていった。彼女はグッタリと力が抜けているので本手（正常位）で股間を進め、濡れた陰戸に先端を押し当て、感触を味わいながらゆっくりと根元まで挿入した。

「アアッ……！」

ヌルヌルッと滑らかに深くまで貫くと、加代が身を弓なりに反らせて熱く喘いだ。主水も股間を密着させ、脚を伸ばして身を重ねると彼女が激しくしがみついてきた。

まだ動かず、屈《かが》み込んで左右の乳首を吸い、舌で転がしてから腋《わき》の下にも鼻を埋め込んだ。

生ぬるく湿った和毛《にこげ》には、やはりいつになく濃厚に甘ったるい汗の匂いが沁み付いて、悩ましく胸を満たしてきた。

主水が濃い匂いに酔いしれている間にも、加代は待ちきれないようにズンズンと股間を突き上げはじめた。

彼も合わせて腰を突き動かすと、何とも心地よい肉襞の摩擦と締め付け、温もりと潤いが感じられ、すぐにも勢いを付けてしまった。

「ああ……。す、すぐいきそうです……！」

加代が声を震わせて言い、膣内の収縮を高めていった。

クチュクチュと湿った摩擦音が響き、溢れる淫水に、揺れてぶつかるふぐりまで生温かくまみれた。

動きながら、上からピッタリと唇を重ね、舌を挿し入れると、

「ンンッ……！」

加代も呻きながらすぐに吸い付き、チロチロとからみつけてきた。

主水は胸で張りのある乳房を押しつぶし、局部のみならず全身を擦り合わせるように律動した。

突くよりも、むしろ引くときに亀頭の笠で天井を擦るようにすると、

「あう、すごい……！」

加代が唾液の糸を引いて口を離し、熱く喘いだ。

亀頭の笠は古来、先に中に出した他の男の精汁を掻き出すためにあると言われているので、引く方を意識する方が女も良いらしい。

主水はジワジワと絶頂を迫らせながら、彼女の喘ぐ口に鼻を押し込んで熱い息を嗅いだ。それは湿り気ある濃厚な肉桂《にっき》臭で、鼻腔が刺激され胸に沁み込むたび甘美な悦《よろこ》びが広がっていった。

「い、いく……。アアッ……！」

とうとう加代が声を上げ、彼を乗せたままガクガクと激しく腰を跳ね上がらせて気を遣ってしまった。

そして主水も続いて、中の収縮に巻き込まれるように昇り詰めた。

「く……！」

突き上がる絶頂の快感に呻きながら、熱い大量の精汁をドクンドクンと内部にほとばしらせると、

「あう、感じる……！」

噴出を受けた加代が駄目押しの快感に呻き、キュッときつく締め付けてきた。

主水は快感を噛み締め、心置きなく最後の一滴まで出し尽くし、満足しながら徐々に動きを弱めていった。

「ああ……」

加代も声を洩らし、強ばりを解いてグッタリと身を投げ出した。

まだ膣内は貪欲《どんよく》に収縮が繰り返され、刺激された幹が過敏にヒクヒクと内部で跳ね上がった。

「く……、堪忍《かんにん》……」

朦朧《もうろう》となった加代も、敏感になって呻いた。

主水は完全に動きを止め、彼女の熱く甘い吐息を嗅ぎながら、うっとりと余韻を味わったのだった。

五

「さあ、このまま眠ってしまいたいだろうが、明日の江戸入り前に体を洗い流しておいた方が良い」

身を離した主水は、ウトウトしはじめた加代に言って抱き起こした。

彼女もフラつきながら立ち上がると、主水は支えながら全裸のまま部屋を出て廊下を進み、湯殿へと行った。

もちろん誰にも行き合わず、藩士も宿の者たちも全て寝静まっていた。

湯を浴びて互いの股間を洗い、加代の背中を糠袋《ぬかぶくろ》で擦ってやった。

「そ、そんな。自分で致しますので……」

「いいよ、じっとしていなさい」

恐縮する彼女を洗って湯で流し、湯船に浸けて全身を温まらせた。

「綾乃様に申し訳ない……」

力を抜きながら加代が言う。

「ああ、綾乃様は確かに江戸へ行ける加代さんを羨《うらや》ましく思っているだろうが、元より誰にも嫁《か》すつもりもなく生きてきたのだから、私が帰るまでは何事もなく義母《はは》と暮らすことだろうよ」

主水も少し綾乃を思い出しながら答えた。

「まだ、呼び捨てになさらないのですか」

「五つ上だから、しばらくは綾乃様と言ってしまいそうだ」

「そうですか、私は綾乃様が羨ましい……」

彼女がしみじみと言う。やはり加代は、何でも真似してきた綾乃を見て、妻の座というものにも憧れはじめているのかも知れない。

やがて加代が湯を出ると、彼は簀《す》の子《こ》に座ったまま彼女を目の前に立たせた。

「では、ゆばりを」

彼女の片方の足を浮かせて風呂桶《おけ》のふちに乗せ、開いた股間に顔を埋めながら言うと、

「ああ……」

加代も声を洩らし、下腹に力を入れて尿意を高めはじめてくれた。

もう恥毛に籠もっていた濃い匂いも薄れ、割れ目内部を舐め回していると新たな淫水が溢れて舌が滑らかに動いた。

そして迫《せ》り出すように柔肉が盛り上がると、味わいと温もりが変わった。

「あう、出ます……」

加代が言うなり、チョロチョロと熱い流れがほとばしってきた。

主水は口に受け、濃い味と匂いを堪能して喉を潤した。勢いがつくと溢れた分が肌を心地よく濡らし、回復した一物を温かく浸していった。

すぐに流れは治まり、彼はポタポタ滴《したた》る余りの雫《しずく》をすすり、残り香の中で舌を這わせた。

「どうか、もう……」

加代がフラつきながら言って足を下ろし、木の腰掛けに座り込んだ。

主水も、また二人で全身を流し、やがて体を拭いて湯殿を出た。

全裸のまま加代の部屋に戻ると、彼女も寝巻を着て横になった。

「さあ、何かあれば私が起きるので、朝までゆっくり眠るといいよ」

「も、申し訳ありません……」

加代が答え、主水が布団を掛けてやると、やはり相当に疲労していたようで、すぐにも彼女は軽やかな寝息を立てはじめた。

主水は行燈《あんどん》の灯を消して部屋を出ると、自分の与えられた部屋に戻った。

「また勃《た》っているので、私がしましょうか」

姫香が出てきて言った。

「いや、したいのは山々だが明日も早いし、江戸に着いたら真っ先に姫香としたいので、今宵はこのまま眠るとしよう」

横になりながら答えると、

「では、今夜はお休みなさい」

姫香も言い、彼に布団を掛けてくれたのだった……。

――翌朝、まだ暗いうちに一同は起きて顔を洗い、朝餉を済ませた。

加代も、すっきりした顔つきで凛々しい男装姿に戻っていた。

日が昇る頃に一行は松戸の陣屋敷を出立《しゅったつ》し、千住《せんじゅ》の宿で昼餉。さらに日があるうちに日本橋《にほんばし》へと着いた。

（お江戸だわ！　お祭りのように、なんて賑《にぎ》やか……）

姫香が歓声を上げ、行き交う武士や町人、立ち並ぶ商家を眺めた。

むろん主水も加代も、小夜もみな江戸は初めてだった。

そして行列は神田《かんだ》にある江戸屋敷へと入ると、ようやく旅の荷を解いたのであった。

明日主水は、正室を娶《めと》ったことを報告する正隆の供で江戸城に行き、将軍に拝謁《はいえつ》することになっている。

主水は江戸屋敷で部屋を定められ、持って来た裃《かみしも》に身を包んで、江戸家老への挨拶《あいさつ》を済ませた。

「おお、先ほど殿から聞いたが、文武に優れた武士の鑑《かがみ》とのこと。さすがに良い面構《つらがま》え」

家老は期待を込めて言い、主水も辞儀をして部屋を下がった。

これで、今日はゆっくり夕餉と風呂を済ませて体を休めるだけである。

さすがに江戸屋敷だと、緊張に小夜も加代も淫気どころではないようだった。

日暮れに夕餉と風呂を終えると主水は部屋に戻り、着流しになった。

すでに行燈に火が灯《とも》り、床も敷き延べられている。

するとしばらくして、姫香が戻ってきた。

「すごいわ。夜になっても道は多くの人だかりで、どこも神社のお祭りのように明るいの」

「外を歩き回っていたのか」

顔を輝かせて言う姫香に答え、彼は全裸になると布団に仰向けになった。

姫香も江戸見物の興奮を残したまま、虎縞《とらじま》の衣《ころも》を脱いで一糸まとわぬ姿になり彼に迫ってきた。

あとは言葉など交わさなくとも、姫香は全て彼の願いを読み取り、叶《かな》えてくれるだけである。

彼女が仰向けの主水の顔に足裏を乗せてきたので、彼も舌を這わせ、蒸れて匂う指の股に鼻を割り込ませて味わった。

爪先をしゃぶり尽くすと姫香は足を交代させ、主水は両足とも味わった。すると姫香が顔に跨がってしゃがみ込み、鼻先にぷっくりと丸みを帯びた陰戸を迫らせてきた。

主水が腰を抱き寄せ、柔らかな茂みに鼻を埋めて嗅ぐと、まるで彼が最も興奮する濃度に調《ととの》えてあるかのように、汗とゆばりの匂いが蒸れて鼻腔を刺激してきた。

嗅ぎながら舌を這わせると、これもほど良い濡れ具合だった。

息づく膣口の襞を掻き回し、ヌメリをすすりながらゆっくりオサネまで舐め上げていくと、

「アア、いい気持ち……」

姫香が熱く喘ぎ、ギュッと股間を押しつけてきた。

彼も執拗にオサネを舐めてから、尻の真下に潜り込んで顔中に白い双丘を受け止め、蕾に籠もる微香を貪った。

舌を這わせてヌルッと潜り込ませ、滑らかな粘膜を探ると、

「あう……」

姫香が呻き、モグモグと肛門で舌先を締め付けてきた。

そして可憐《かれん》な鬼姫の前と後ろを存分に味わうと、姫香が腰を浮かせて移動し、彼の股の間に腹這いになった。

屹立した一物にしゃぶり付き、根元まで含んで強く吸った。

「ああ、気持ちいい……」

主水は身を投げ出し、姫香の愛撫を受けながら快感に喘いだ。

彼女も念入りに舌をからめ、顔を上下させて濡れた口でスポスポと強烈な摩擦を繰り返した。

そしていよいよ彼が高まると、察したようにチュパッと口を離し、身を起こした姫香は前進して跨がった。先端に陰戸を押し当て、ゆっくり腰を沈み込ませていくと、

「アア……、いいわ……」

ヌルヌルッと根元まで滑らかに受け入れた姫香が喘ぎ、ピッタリと股間を密着させてきた。

主水が摩擦と締め付けを味わいながら両手で抱き寄せると、姫香も身を重ねてきた。潜り込むようにして両の乳首を含んで舐め、腋の下にも鼻を埋め、和毛に沁み付いた甘ったるい汗の匂いに酔いしれた。

すると、すぐにも姫香が腰を遣いはじめた。

彼も両膝を立てて両手でしがみつき、合わせてズンズンと勢いを付けて股間を突き上げると、

「い、いきそう……」

姫香が急激に高まって口走り、大量の淫水を漏らして律動を滑らかにさせた。

「一年間の江戸暮らしだ。力が欲しい」

主水が言って顔を抱き寄せると、姫香もピッタリと唇を重ね、生温かく小泡の多い唾液をトロトロと注ぎ込んでくれた。

彼はうっとりと味わい、喉を潤して鬼の力を蓄えた。

舌をからめて動くうち、ピチャクチャと湿った摩擦音が聞こえ、溢れるヌメリが彼の肛門にまで伝い流れてきた。

「ああ、いい気持ちよ。いっちゃう……」

姫香が口を離して喘ぐと、主水は熱く湿り気ある濃厚な果実臭の吐息を嗅いですぐにも絶頂に達してしまった。

「く……！」

快感に呻きながら、ありったけの熱い精汁をドクンドクンと勢いよくほとばしらせると、

「い、いく。熱いわ……。アアーッ……！」

噴出を感じた姫香も声を上げ、ガクガクと狂おしく痙攣して気を遣った。

収縮を増した膣内に刺激され、彼は心ゆくまで快感を嚙み締め、最後の一滴まで出し尽くしていった。

そして満足しながら突き上げを弱めていくと、

「ああ、良かったわ……」

姫香も言って強ばりを解き、グッタリともたれかかってきた。

主水は息づく膣内でヒクヒクと過敏に幹を跳ね上げ、甘酸っぱい吐息を嗅ぎながら、うっとりと快感の余韻に浸り込んでいった。

そして彼は、明日からの江戸での暮らしに思いを馳《は》せ、存分に力を発揮しようと思ったのだった。

コスミック・時代文庫

お毒《どく》見《み》役《やく》みだら帖《ちょう》
鬼蜜の刃

【著者】
睦月影郎《むつきかげろう》

【発行者】
杉原葉子

【発行】
株式会社コスミック出版
〒154-0002 東京都世田谷区下馬 6-15-4
代表 TEL.03(5432)7081
営業 TEL.03(5432)7084
FAX.03(5432)7088
編集 TEL.03(5432)7086
FAX.03(5432)7090

【ホームページ】
http://www.cosmicpub.com/

【振替口座】
00110-8-611382

【印刷/製本】
中央精版印刷株式会社

乱丁・落丁本は、小社へ直接お送り下さい。郵送料小社負担にて
お取り替え致します。定価はカバーに表示してあります。

© 2021 Kagero Mutsuki
ISBN978-4-7747-6255-5 C0193